# DIARIO de Greg

## LA HORRIBLE REALIDAD

Jeff Kinney

**MOLINO**

LECTORUM

DIARIO DE GREG 5. LA HORRIBLE REALIDAD
Originally published in English under the title DIARY OF A WIMPY KID:
THE UGLY TRUTH

This edition published by agreement with Amulet Books, a division of
Harry N. Abrams, Inc.

Wimpy Kid text and illustrations copyright © 2010 by Wimpy Kid, Inc.
DIARY OF A WIMPY KID®, WIMPY KID™ and the Greg Heffley cover design™
are trademarks of Wimpy Kid, Inc. All rights reserved.

Book design by Jeff Kinney
Cover design by Chad Beckerman and Jeff Kinney

Translation copyright © 2010 by Esteban Morán
Spanish edition copyright © 2010 by RBA LIBROS, S.A.

Lectorum ISBN: 978-1-933032-73-3
Printed in the United States of America
RRD Crawfordsville 10 9 8 7 6 5 4 3 2

Cataloging-in-Publication Data has been applied for and may be
obtained from the Library of Congress.

A TOMAS

# SEPTIEMBRE

## Jueves

Han pasado casi dos semanas y media desde que mi ex mejor amigo Rowley Jefferson y yo tuvimos una gran discusión. Para ser sincero, pensaba que él regresaría arrastrándose arrepentido, pero por alguna razón no ha ocurrido así.

Empiezo a preocuparme, porque el colegio empieza dentro de pocos días y si fuéramos a reanudar nuestra amistad tendría que suceder algo rápidamente. Si Rowley y yo estuviésemos peleados PARA SIEMPRE, eso sería mala cosa porque lo pasábamos la mar de bien cuando íbamos juntos por ahí.

Ahora que nuestra amistad ha pasado a la historia, me incorporo al circuito en busca de un nuevo mejor amigo. El problema es que he dedicado a Rowley todo mi tiempo y no tengo ningún candidato previsto para sustituirlo.

Llegados a este punto, mis dos mejores opciones son Christopher Brownfield y Tyson Sanders. Pero cada uno de ellos tiene sus inconvenientes.

CHRISTOPHER      TYSON

Estuve con Christopher durante las últimas semanas del verano, más que nada porque es un estupendo imán para los mosquitos. Pero Christopher es más bien eso, un amigo de las vacaciones, y no un compañero de colegio.

Tyson es agradable y nos gustan los mismos videojuegos. Pero es de los que se bajan del todo los pantalones para hacer pis y no sé si yo sería capaz de aguantar eso.

El único otro chico de mi edad que no tiene un mejor amigo es Fregley, pero hace mucho que lo he descartado como posible candidato.

De todas maneras le he dejado a Rowley la puerta un poco abierta, por si acaso. Pero si quiere salvar esta amistad, más le vale darse prisa.

Porque tal y como están las cosas, no va a quedar muy bien en mi autobiografía.

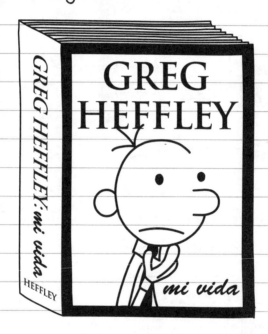

## CAPÍTULO 8
# MI INFANCIA

Vivía cerca de un chico, cuyo nombre no recuerdo bien. Me parece que era Rupert o Roger, o algo así.

Aunque conociendo mi suerte, cuando llegue a ser rico y famoso, Rowley PODRÍA encontrar una manera de vivir a costa mía.

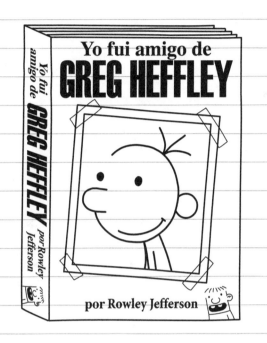

Sábado

No me parece que las cosas vayan a cambiar entre Rowley y yo, porque ya ha encontrado un amigo para sustituirme. O, para ser más exactos, SUS PADRES se lo han encontrado.

Rowley anda durante las últimas semanas en compañía de un adolescente, un tal Brian.

Siempre que paso por delante de su casa, lo veo en el patio, tirándole un balón o un disco de frisbi a un chico que parece que está en el instituto o en la universidad.

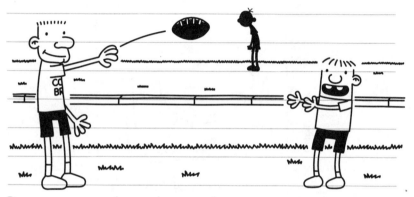

Bien, estuve indagando por ahí y averigüé que el tal Brian no es un chico del barrio, sino que trabaja en una organización llamada Cool Brian, es decir, una especie de "hermano mayor" de alquiler.

De hecho, apostaría a que ese chico ni siquiera se llama Brian en realidad.

Mamá opina que una organización como Cool Brian está muy bien porque proporciona a los chicos un "modelo de referencia" que pueden imitar. Eso de alguna manera me molesta porque, desde mi punto de vista, YO soy el modelo de referencia de Rowley.

Y ahora resulta que los padres de Rowley le pagan a un tipo para que haga lo que yo he estado haciendo GRATIS todos estos años.

Lo que más me fastidia es que probablemente Rowley ni siquiera sabe que sus padres le pagan a este tipo para que pase tiempo con él. Aunque no creo que le importara si supiera LA VERDAD.

Hoy he visto a Rowley jugando con un Cool Brian diferente, supongo que su acompañante habitual tenía el día libre. Pero me dio la impresión de que ni siquiera se había dado cuenta.

## Martes

Hoy ha sido el primer día de colegio. No quiero echarme mal de ojo, pero tiene pinta de que va a ser un gran año para mí.

En la clase nos entregaron nuestros libros de texto para el próximo semestre. Mi colegio no se puede permitir comprar libros nuevos cada año, así que acostumbramos a heredarlos de los alumnos del año anterior.

Pero cuando recibes un libro que ha pasado antes por las manos de diez chicos no resulta fácil estudiar en él.

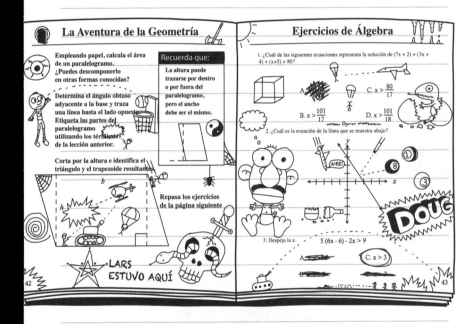

Por lo general tengo bastante mala suerte en lo que se refiere a los anteriores propietarios de los libros. El año pasado tuve un libro de matemáticas que había pertenecido a Bryan Goot.

Y eso no ayudó a aumentar precisamente mi reputación en los pasillos.

Pero este año he tenido suerte. Cuando me dieron el libro de matemáticas, resulta que había pertenecido a Jordan Jury. Jordan Jury es el chico más famoso del curso siguiente al mío, así que pasearme con este libro de texto quizá me podría proporcionar un PUNTAZO de popularidad.

La razón de que Jordan sea tan popular es que
da unos fiestones impresionantes, a los que no es
nada fácil ser invitado. Pero supongo que este libro
de álgebra es justo lo que necesito para llamar su
atención.

Y hablando de chicos populares, hoy a la hora del
almuerzo me senté cerca de Bryce Anderson y su
grupito de amigos. Bryce es el Jordan Jury de mi
curso, y cuenta con un puñado de amigos que siempre
están de acuerdo con todo lo que dice.

Y estos chicos son leales a Bryce, no importa lo tontos que los haga parecer.

Vamos, que Bryce Anderson no tiene problemas en su vida. NO NECESITA tener un buen amigo, porque ya tiene un grupo de lacayos que lo idolatran. Rowley y yo nos peleábamos porque éramos compañeros por igual en nuestra amistad, y no me parece que ese modelo tenga muchas posibilidades de funcionar.

## Viernes

Hoy en el colegio he oído a Rowley decirle a otro chico que esta noche iba a ir a un concierto de rock. Reconozco que me dio un poco de envidia, porque yo nunca he asistido a un concierto de verdad. Pero cuando me enteré de quién iba a actuar, me alegré de no haber sido invitado.

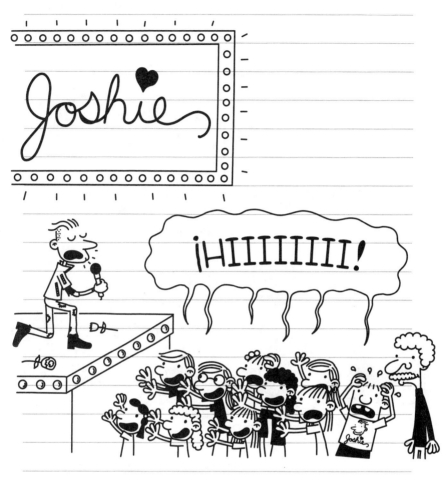

Pero todavía me molesta que Rowley se lo esté pasando mejor que yo. De hecho, parece como si TODO EL MUNDO se lo estuviera pasando mejor que yo estos días.

Algunos chicos de mi curso publican online sus fotografías.

Y por lo que parece, todos ellos se lo pasan MEJOR que yo.

No quiero que la gente piense que MI vida es un asco, así que he decidido hacer varias fotos para mostrar lo bien que me van las cosas.

Todo lo que hace falta es una cámara digital y un programa de edición gráfica, y puedes hacer que parezca que estás en plena juerga.

Anoche recreaba una escena de una fiesta de Fin de Año, cuando me pilló mamá.

Ya ves, no me deja subir fotos a la computadora por aquello de la "privacidad" y todos esos rollos. También puede ser que haya escarmentado después de que permitiera a mi hermano mayor, Rodrick, subir SUS fotos.

Rodrick está intentando conseguir un trabajo para poder comprarse una batería nueva, pero no consigue empleo. Mamá le ha dicho que ahora la gente que busca personal investiga a quién van a contratar, de manera que sus fotos seguramente le restan posibilidades.

Así que Rodrick ha sustituido las fotos de su banda de rock por esta otra:

## Miércoles

Este año mi curso tiene como asignatura Salud Avanzada, que incluye material de alto secreto para el que por lo visto hasta ahora no se pensaba que estuviéramos preparados.

Durante las primeras clases, hemos estado juntos chicos y chicas, pero hoy la enfermera Powell dijo que iba a separarnos. Ha enviado a las chicas abajo, a la clase de Mrs. Gordon y luego ha puesto un video para que lo viésemos los chicos.

El video tenía por lo menos treinta años, así que seguro que papá vio exactamente la misma cinta que yo cuando tenía mi edad.

¡Saluda al
**NUEVO Y FLAMANTE TÚ!**

(Edición para chicos)

No voy a describir todo lo que salía en el video, porque era bastante asqueroso. En realidad, parte de ese material no es adecuado para una clase.

Rowley ni siquiera pudo resistir el video entero. Se desmayó en el minuto 2, cuando escuchó la palabra "transpiración".

Para ser sincero, no sé si Rowley está preparado para estos contenidos. En realidad, tan sólo es un crío. Una vez me dijo que evita a los chicos mayores en el colegio, porque tiene miedo de "pillar la pubertad".

CHICOS

De hecho, ahora que lo pienso, hace tiempo que no lo veo con Cool Brian. Me pregunto si también evita su compañía, porque piensa que puede contagiarse.

Lo mismo ocurrió el año pasado en la clase de Salud, con la unidad dedicada a la prevención de fumar. La profesora dijo que nunca podías saber quién iba a ofrecerte un cigarrillo, y que quizá podía ser incluso tu mejor amigo.

Resulta que después de oír ESO, Rowley evitó caminar por el mismo lado de la calle que yo durante todo un mes.

De veras que no necesito que un profesor me diga
que fumar no es una costumbre saludable. Ya me
convenció mi abuelo el año pasado el Día de Acción
de Gracias.

En cualquier caso, creo que Rowley es uno de esos
chicos que siempre van unos años por detrás del
resto en lo que se refiere a madurez. Rowley ni
siquiera sabe atarse los zapatos todavía, porque es
de esos chicos que llevan velcros para todo.

El año pasado la madre de Rowley le compró unas zapatillas con cordones y no sé cuántas veces me tocó sacarlo de apuros.

Debería haberme resultado sospechoso que mi mejor amigo estuviera impresionado de que yo supiera atarme los zapatos.

Jueves

Hoy estaba mirando los cómics en el periódico y he visto un anuncio que me ha llamado la atención.

Era de los helados Peachy Breeze, que parece que buscan una nueva imagen que los represente.

TU HIJO PODRÍA SER
EL PRÓXIMO

**CHICO**
**PEACHY BREEZE**

¡Este sábado se harán las pruebas
de selección en el centro comercial
de Liberty Street!

Peachy Breeze hace esos constantes anuncios en
televisión con un chico con pecas y voz aguda.

El chico Peachy Breeze era muy simpático, pero con los años se ha deteriorado mucho.

Así que imagino que buscan a alguien para sustituirlo.

Pues yo sería PERFECTO para el puesto. En primer lugar, ME ENCANTAN los helados, así que no tendría ningún problema para representar el papel. Segundo, estaría encantado de faltar al colegio para cumplir con mis obligaciones con Peachy Breeze.

Y no tendrían que preocuparse porque me fuera a hacer demasiado mayor para el papel, porque estoy dispuesto a tomar cualquier cosa que haga falta para detener mi crecimiento.

El único obstáculo que veo es que papá odia los anuncios de Peachy Breeze en la tele, porque le desagrada ese chico. Así que no me parece que vaya a entusiasmarle demasiado que yo ocupe su puesto.

Hay algo en el chico Peachy Breeze que altera a papá de los nervios. De hecho, creo que odia a ese chico más de lo que detesta el cómic de Li'l Cutie, lo cual ya es mucho decir.

Cada vez que papá ve un anuncio de Peachy Breeze en la tele, escribe una carta a la gente de esta empresa, diciendo que su publicidad le molesta y que nunca comprará sus productos.

Y a las pocas semanas, papá recibe en el correo una respuesta de Peachy Breeze, que siempre consiste en cupones para helados gratis.

Y esto ha ocurrido durante años, y si las cosas no cambian, vamos a tener que comprar un segundo frigorífico sólo para guardar los helados Peachy Breeze.

Sábado

Anoche le conté a mamá lo de las pruebas de Peachy Breeze y dijo que le parecía una "oportunidad muy interesante". Pero resulta que cuando lo dijo estaba pensando en mi hermano pequeño, Manny.

De hecho, esta mañana mamá y Manny ya se marchaban a la audición sin mí, pero los pillé por los pelos.

A mamá pareció sorprenderle que yo quisiera
ser el chico Peachy Breeze y dijo que le parecía
"demasiado mayor" para el papel. Al principio pensé
que era una tontería, pero cuando vi a mis rivales
en el centro comercial, comprendí lo que quería
decir.

Supuse que de todos modos podría convencer a los jueces y
conseguir el trabajo. Además tenía la ventaja de que yo
era el único chico en las pruebas que era capaz de leer el
guión y saber cuándo me tocaba intervenir.

Debía de haber unos doscientos chicos en la fila y me
di cuenta de que si quería conseguir el trabajo tenía
que inventarme algún truco especial. Decidí que daría
un salto y juntaría los talones en el momento de decir
el eslogan de Peachy Breeze.

Pero cuando al fin llegó mi turno, las cosas no salieron como yo había planeado.

Supe que mis posibilidades de conseguir el trabajo no eran buenas cuando la gente de la selección me despidió sin preguntarme siquiera el nombre.

Mi gran oportunidad se estaba evaporando, así que hice
todo lo que pude para lograr que me dieran una segunda
oportunidad.

Pero parece que después de todo, el trabajo será para
uno de los chicos más pequeños, lo cual es
un asco.

Sin embargo, no es la primera vez que me discriminan
por la edad. En octubre pasado, Rowley y yo oímos
que la emisora local iba a estar en Red Apple Farm
para filmar a chicos tallando calabazas y haciendo
espantapájaros y todo ese tipo de cosas.

Supimos que era nuestra gran oportunidad de salir en la tele, así que organizamos un buen espectáculo frente a la cámara.

Pero la gente del noticiero no tardó ni cinco segundos en echarnos de allí.

Entonces trajeron a varios niños pequeños y los pusieron en nuestro lugar, e hicieron exactamente lo mismo que Rowley y yo habíamos hecho.

Y fueron esos chicos los que salieron en el noticiario de la noche.

Lo cierto es que este tipo de cosas me han estado sucediendo durante mucho tiempo. Y lo peor de todo, dentro de mi propia familia.

Hasta que cumplí ocho o nueve años, yo era la estrella de todos los encuentros familiares. Todo el mundo estaba encantado conmigo.

Pero después de que nació Manny, las cosas cambiaron totalmente para mí.

Y es que cuando eres un niño pequeño nadie te avisa de que tienes fecha de caducidad. Un día eres la máxima atracción y al día siguiente es como si te hubieras convertido en un trapo sucio.

Ahora comprendo por qué Rodrick siempre está de tan mal humor. Ha pasado mucho tiempo desde que era el centro de atención y, créanme, desde entonces ha ido de mal en peor.

El que tiene suerte de verdad es ROWLEY. Como es hijo único, no tiene que preocuparse de que vaya a reemplazarlo ningún hermano.

Lunes

Esta noche durante la cena papá nos ha dicho que
su hermano más joven, tío Gary, se ha comprometido
con su novia, Sonja. Supongo que es una buena noticia
y todo eso, pero tío Gary ya ha estado casado tres
veces, así que se va creando una especie de rutina
familiar. De hecho, en casa no hacemos seguimientos
gráficos de nuestro desarrollo, porque basta mirar las
fotos de las distintas bodas de tío Gary para ver
cómo hemos crecido.

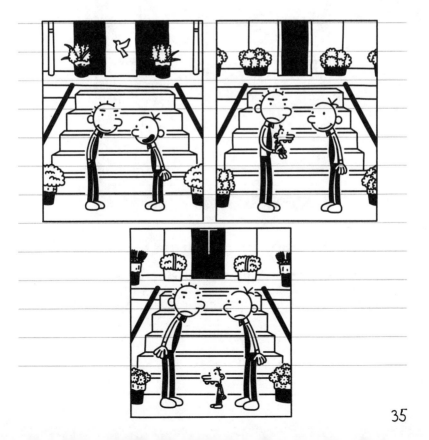

Me da la impresión de que todo el mundo se siente
un poco escéptico. Cuando tío Gary se casó por
TERCERA VEZ, mamá ni se molestó en cambiar la
foto de la repisa. Simplemente colocó la foto de la
cabeza de la nueva esposa sobre la anterior.

No es que tío Gary sea mala gente ni nada por el
estilo. Es que se precipita demasiado en sus relaciones.
Se comprometió con su primera esposa, Linda, a los
dos meses de conocerla y ella no supo a qué se dedicaba
hasta el mismo día de la boda.

Y creo que la segunda esposa de tío Gary, Charlene, pensó que tenía un montón de dinero por culpa de un malentendido durante su segunda cita.

Resulta que tío Gary sólo tenía cuarenta y cinco dólares, no cuarenta y cinco MIL dólares.

Pero Charlene no se enteró hasta que llegó el momento de pagar a los músicos de la boda.

Papá siempre está diciendo que tío Gary tiene que "madurar" y dejar de comportarse como un niño. Pero si yo fuera papá, esperaría sentado.

Martes

Supe que la boda de tío Gary se celebrará en
noviembre y la fiesta será en casa de mi bisabuela
Gammie, igual que la última vez.

Gammie tiene noventa y cinco años, pero todavía vive
en la misma casa donde se crió. Es como la cabeza
oficial de todo el clan de los Heffley

Gammie es una de las pocas personas en el mundo que
todavía escribe cartas. Y cuando te escribe una carta,
espera que tú le CONTESTES con otra carta.

Traté de explicarle a Gammie que la gente de mi edad no sabe cómo escribir cartas con un sello y un "remitente" y todo ese rollo, pero ella no quiso escucharme.

En la última boda de tío Gary, Gammie me dio la hoja de una carta y un sobre con su dirección ya escrita y el sello puesto, de modo que no tuviera excusa para no escribir.

G.HEFFLEY
C/SURREY, 12

Garmie Heffley
38 Bacon Street
East

*Querida Gammie,*

*Muchos besos,*
*Gregory*

Pero yo todavía no he hecho la carta, ni se la he enviado. Por eso, cada vez que paso por delante de mi escritorio me siento culpable.

Gammie SIEMPRE te hace sentir culpable. El año pasado, el Día de Acción de Gracias, le puse en la silla una almohadilla sonora y se sentó encima.

Pocos días después toda la familia recibió una carta manuscrita de disculpa de Gammie.

Querida familia:

Les escribo para disculparme por el infortunado incidente ocurrido cuando nuestra familia estaba terminando la celebración de Acción de Gracias.

A medida que me hago mayor, me resulta más difícil controlar mi cuerpo y creo que mi reciente operación pudo haber contribuido también a mi "pequeño desliz".

Espero que este desafortunado contratiempo no estropee el recuerdo de lo que por otra parte fue una reunión maravillosa y entrañable.

Los quiere mucho,

Gammie

A veces me pregunto si Gammie nos toma el pelo a todos y arma esta clase de números a propósito. El día de Pascua, invitó a su casa a toda la familia, pero todo el mundo tenía otros planes ya y nadie podía ir.

El Domingo de Pascua Gammie llamó a papá y le dijo que le había tocado el premio de diez millones de dólares en un boleto del "rasca-rasca". La noticia corrió como la pólvora y toda la familia se plantó en casa de Gammie en un abrir y cerrar de ojos.

Pero al final resultó que el boleto del "rasca-rasca" no tenía premio.

A Gammie no pareció importarle demasiado el no ser multimillonaria después de todo, y no sé por qué me parece que ella consiguió lo que DE VERDAD quería.

Espero llegar a los noventa y cinco años, porque si lo consigo, también me lo voy a pasar en grande riéndome de la gente.

44

Lo que me pone nervioso de ir a casa de Gammie en noviembre es que ya ha llegado para mí el tiempo de tener "la Charla". Siempre que alguien de mi familia alcanza mi edad, Gammie lo sienta a su lado y le habla de quién-sabe-qué-cosas. Supongo que son cuestiones relacionadas con la sabiduría de los mayores.

El último en recibir "la Charla" de Gammie fue Rodrick y ahora yo soy el siguiente. Tengo la esperanza de que tío Gary rompa su compromiso y así no tengamos que ir, porque la verdad es que este asunto me está destrozando los nervios.

Jueves
Tenemos una nueva profesora de matemáticas en el colegio. Su nombre es Mackelroy.

Antes estaba con los niños del jardín de infancia, y
me parece que no va a entusiasmarle demasiado estar
con los chicos de la escuela intermedia.

Tenemos Matemáticas justo después de Educación
Física, así que cuando llegamos a la clase de la Sra.
Mackelroy estábamos sudorosos.

La Sra. Mackelroy se quejó al director, diciendo que le
resultaba imposible darnos clase en una sala que olía como
una "jaula de monos" y el director decidió que desde ahora
era obligatorio ducharse después de hacer gimnasia.

Puedo asegurar que la mayoría de los chicos de mi clase
no están de acuerdo con esta decisión.

Al único que le ha parecido bien es a Roger Townsend, pero se trata de un chico que ha repetido curso dos veces y prácticamente ya es un hombre hecho y derecho.

Pero el resto de nosotros decidimos hacer trampa. Ayer, después de la clase de Educación Física, nos turnamos para mojarnos el pelo de modo que PARECIERA que nos habíamos duchado.

No sé si llegamos a engañar a la Sra. Mackelroy, pero no creo que vaya a meterse en los vestuarios de los chicos para averiguar.

Esto de la ducha me recuerda una cosa que ocurrió el verano pasado, cuando Rowley y yo todavía éramos amigos. Yo iba todos los días a casa de Rowley, pero tenía el problema de que debía pasar por delante de casa de Fregley cada vez.

Recordé que Rodrick había dicho que era posible ir desde casa hasta lo alto de la colina arrastrándose por el conducto de la alcantarilla.

Decidí comprobar si tenía razón y aunque parezca mentira, era cierto. El conducto estaba oscuro y repugnante, pero merecía la pena atravesarlo para evitar encontrarme con Fregley.

Al regresar a casa, utilicé de nuevo la ruta de la alcantarilla.

Debería haberme lavado un poco en el patio antes de entrar en casa, porque mamá pareció sospechar algo cuando me abrió la puerta.

Sabía que a mamá le iba a dar un ataque si se enteraba de que me había arrastrado por el conducto de la alcantarilla, así que no dije nada. Sin embargo, mamá me dijo que iba a tener que ducharme antes de cenar. Al salir del cuarto de baño, había algo encima de mi cama.

Abrí el paquete y dentro había una barra de desodorante y un libro.

Puse el desodorante en mi cómoda y tiré a la papelera el libro. Ya lo conocía de antes. Mamá le compró el mismo libro a Rodrick cuando tenía mi edad, y yo lo encontré en su cajón. La verdad, creo que no necesito ver de nuevo las ilustraciones de ese libro.

Lo peor de todo es que esa semana mamá me convirtió en el protagonista de un artículo dirigido a los padres en el periódico local. No citaba mi nombre, pero tampoco hacía falta ser un detective para adivinar a quién se refería.

## La pubertad puede ser un momento difícil

*Susan Heffley*

Cuando un niño comienza a experimentar los cambios propios de la adolescencia, la transformación puede resultar incómoda, desagradable o incluso espantosa. Pero con los consejos adecuados el adolescente podrá dar la bienvenida e incluso disfrutar del tránsito a la edad adulta. Mi segundo hijo ha emprendido recientemente este maravilloso viaje.

## Domingo

Mamá convocó anoche una "reunión familiar". Cuando lo hace, no es buena señal. La última vez que tuvimos una reunión familiar fue para echarnos una bronca por el estado del cuarto de baño.

Dijo que estaba harta de tener que estar limpiando siempre el suelo alrededor del retrete, por culpa de nuestra "mala puntería".

Yo sabía muy bien de qué hablaba. Una vez hasta perdí el autobús porque utilicé el cuarto de baño después de Manny.

Tan sólo puedo decir que yo no soy el causante del problema. Cuando Rodrick va al cuarto de baño, la mitad de las veces ni siquiera se molesta en encender la luz.

Mamá quiere imponer la norma de que los chicos nos sentemos en el inodoro cada vez que vayamos a utilizarlo, no importa para qué.

Pero a ninguno de nosotros nos gustó ESA idea. Rodrick sugirió que comprásemos unos urinarios, ya que somos más CHICOS que CHICAS. Además, de esa manera, podríamos entrar al cuarto de baño más de uno al mismo tiempo.

Pero a mamá le pareció ridículo y utilizó su poder de veto para desechar esta idea.

Supuse que la reunión familiar de esta noche iba a ser una continuación de la reunión que tuvimos sobre el cuarto de baño, ya que nadie está haciendo caso de la norma de sentarse y la situación es peor que nunca. Sin embargo, esta vez la cosa fue totalmente diferente.

Mamá nos dijo que iba a volver al colegio, para tomar clases varios días a la semana.

Esa novedad sí que me pilló de sorpresa. Mamá SIEMPRE está en casa cuando vuelvo del colegio y así es como me gusta que sean las cosas.

Mamá dijo que, después de tantos años de estar en casa con nosotros, necesita hacer algo que la estimule mentalmente. Y en vista de eso ha decidido ir a clase durante un semestre, a ver qué tal le va.

Entiendo que mamá quiera cambiar un poco de actividad, porque si yo tuviera que hacer todo lo que ella hace cada día también terminaría loco.

Mamá dijo que íbamos a tener que hacernos la cena algunas noches a la semana y empezar a encargarnos de tareas de las que normalmente se ocupa ella.

Una de estas tareas es prepararnos el almuerzo para el colegio, cosa que para ser sincero me encanta que nos haya tocado hacer a nosotros.

Mamá nos escribe una nota todos los días en la bolsa del almuerzo y me parece que ya va siendo hora de suprimir ESA costumbre.

Querido Gregory,
¡Que pases un día feliz y saludable!

Besos,
Mamá

## Miércoles

Lo reconozco, las primeras comidas sin mamá fueron un desastre. Intentamos prepararnos la cena el lunes, pero ninguno de nosotros sabíamos qué hacer.

Manny se encargó de preparar el té frío, pero no nos atrevimos a tomarlo porque lo estuvo removiendo con la mano.

FRAS
FRAS

A Rodrick le tocó asar el rosbif, pero se olvidó de quitarle el plástico de la envoltura antes de meterlo en el horno.

Así que abandonamos la idea de comer en casa y fuimos a cenar algo fuera. Al salir del restaurante, Rodrick escupió su chicle contra varias polillas que estaban revoloteando y le acertó a papá sin querer.

Papá persiguió a Rodrick por el estacionamiento, pero Rodrick es muy rápido y papá no pudo alcanzarlo. Además tropezó con el borde de la acera y se torció un tobillo.

Así que Rodrick tuvo que conducir para llevar a papá a Urgencias. Cuando la doctora le preguntó a papá cómo se había lesionado el tobillo, dijo que por no mirar por dónde pisaba había puesto el pie encima de uno de los camioncitos de juguete de Manny.

Creo que entiendo por qué mi padre no dijo la verdad.
En una ocasión me rompí la muñeca y le conté a todo
el mundo que había sido en una pelea a puñetazos. En
REALIDAD ocurrió cuando intenté ponerme de pie y
tenía las piernas dormidas por pasar demasiado tiempo
sentado en el inodoro. Pero mi versión era mejor.

Tan sólo han pasado unos días sin mamá y la situación
empieza a salirse de control. Ya tenemos un herido y
quién sabe lo que nos aguarda en el futuro.

Jueves
Trajimos a casa lo que no pudimos terminar del
Spaghetti Barn y eso es lo que íbamos a cenar hoy.
Papá se quedó hasta tarde en el trabajo, así que
llamó y le dijo a Rodrick que se ocupara él de calentar
la pasta de todos en el microondas.

Rodrick me pasó mi plato en primer lugar, haciéndome una advertencia:

Estuve soplando un rato sobre mis espaguetis para enfriarlos. Pero lo que no sospechaba es que Rodrick sólo había fingido que calentaba la pasta en el microondas, pero no lo había hecho de verdad.

Y cuando le di un mordisco a un trocito de carne, resulta que estaba CONGELADO.

Después de esa experiencia, dudo que sea capaz de volver a comer sobras.

Y el asunto de la bolsa con el almuerzo tampoco está funcionando bien. Esta semana le tocaba a Rodrick preparar los almuerzos y le dio por escribir una nota en la bolsa, igual que hace mamá:

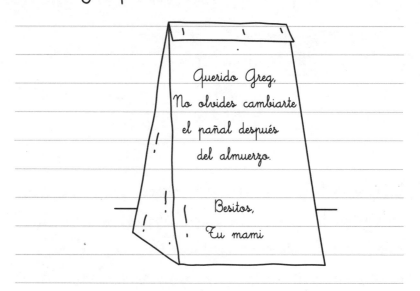

Ni me molesté en comerme el sándwich, ya que jamás en la vida he visto a Rodrick lavarse las manos una sola vez.

Mi tarea de esta semana es lavar la ropa. Estoy deseando que termine mi turno. Para que quede constancia, considero que debería ser ilegal que un chico se ocupe de doblar la ropa íntima de su madre.

## Viernes

Ahora que a mamá le ha dado por volver al colegio, uno de los principales cambios es que le toca a papá ayudarme con los deberes. Sin ánimo de ofender a papá, mamá es INDUDABLEMENTE mucho mejor ayuda en las tareas del colegio. Cuando ella me echa una mano, prácticamente me da las respuestas y termino en diez minutos.

Con papá es una historia totalmente diferente. Él quiere enseñarme CÓMO hacer el trabajo y eso lleva mucho más tiempo. Además hace mucho que papá fue al colegio y me tengo que sentar ahí y esperar a que lea mis libros de texto y se entere de qué va la cosa.

Las matemáticas son LO PEOR de todo. Supongo que la forma actual de enseñar matemáticas no tiene nada que ver con lo que le enseñaron a mi padre de pequeño y eso hace que se sienta frustrado con todo lo que le resulta nuevo, y entonces intenta enseñarme de la manera que le enseñaron a ÉL.

Papá además tiene la costumbre de chuparse el dedo
para pasar con más facilidad las páginas. Y cuando
hace eso, yo intento memorizar los números de las
páginas que vuelve, para no tocar luego su saliva.

Pero con todos esos números en mi cabeza, apenas
puedo prestar atención a las explicaciones.

Reconozco también en qué página he cometido
un error, porque papá expresa su disconformidad
resoplando muy fuerte por la nariz. Así que me
envuelvo el brazo con una toalla siempre que hacemos los
problemas de álgebra.

Para cuando terminamos, han pasado dos horas y ya es hora de ir a la cama. En fin, espero que mamá dé por terminadas sus clases lo antes posible, porque soy una persona que necesita ver la televisión todas las noches.

Lunes

Esto de las matemáticas se está convirtiendo en un problema. Próximamente vamos a tener en el colegio una "prueba estandarizada" y he oído que los profesores solamente cobrarán sus bonus si nosotros obtenemos buenas calificaciones. Y claro, los chicos estamos muy presionados, lo cual es un asco. Todavía recuerdo que aprender matemáticas en el jardín de infancia era DIVERTIDO.

La Sra. Mackelroy dice que si no hacemos bien el examen, nos rebajarán el presupuesto y la clase de música se convertirá en una hora de estudio o algo parecido. Pero no me parece que los chicos capten el mensaje. Hace unas semanas tuvimos un examen de matemáticas y la Sra. Mackelroy dijo que era una "prueba de libros abiertos", que significa que podíamos consultar nuestros apuntes y libros de texto para ayudarnos a contestar.

Entonces se marchó de la clase para ocuparse de algún asunto y un segundo después de que saliera por la puerta ya era el caos total.

Prácticamente todo el mundo suspendió aquel examen, porque utilizaron como munición los cuadernos y libros.

Basándome en aquel episodio, creo que la Sra. Mackelroy no debería hacer grandes planes sobre cómo gastar su bonus.

## OCTUBRE

Martes

Esta noche, cuando estaba sentado tranquilamente en el sofá, papá vino con cara de estar molesto por alguna razón. Quería saber por qué no había sacado la basura esta mañana, tal y como me encargó.

Le contesté que debía de estar confundido, porque nunca me dijo nada de sacar la basura. Pero él ha insistido en que me lo dijo anoche, cuando yo jugaba con videojuegos. Y para ser sincero, me ha parecido recordar algo vagamente.

Si me olvidé, no fue por mi culpa. Tengo un GRAN sistema para recordar las cosas.

Hay personas que van dejando notas dirigidas a sí mismas cuando necesitan acordarse de algo. No está mal, pero requiere demasiado esfuerzo y además es un gasto de papel.

Pongamos que estoy en la cama y mamá entra en mi habitación y me dice que mañana tengo que llevar un justificante al colegio. No me levanto de la cama y escribo una nota.

Lo que hago es tirar una de mis almohadas al otro lado de la habitación.

Así, a la mañana siguiente, cuando voy a salir por la puerta y veo la almohada en el suelo, me pregunto qué hace ahí tirada.

Entonces recuerdo, "¡Ah, sí! ¡Tengo que llevar el papel del justificante al colegio!" Se entiende, ¿verdad? Es a prueba de tontos.

Ahora que lo pienso, sí que me DEJÉ un recordatorio para lo de la basura. Me acuerdo de haber dejado ESPECÍFICAMENTE los calcetines encima de la televisión antes de irme a la cama, para no olvidarme de sacar la basura por la mañana.

Si papá interfirió con el correcto funcionamiento del sistema, entonces es su culpa.

Pero papá dale que dale. Dijo que ahora que me estoy haciendo mayor tengo que empezar a ser más "responsable".

Ya le he oído decir esto antes a papá. Las últimas semanas del verano nuestra vecina, la Sra. Grove, me contrató para que le cuidara las plantas mientras ella se iba de viaje de negocios. Bueno, lo hice los primeros días y luego supongo que se podría decir que estuve ocupado con otros asuntos.

Cuando papá me preguntó cómo iban las plantas, me di cuenta de que no me había ocupado de ellas al menos durante UNA SEMANA. Fui a buscar la llave de la Sra. Grove para ir a regarlas, pero la llave no estaba en su sitio habitual.

Prácticamente puse la casa del revés en busca de la llave, pero no pude encontrarla.

Resulta que la llave no aparecía porque no estaba en nuestra casa, sino que me la había olvidado en casa de la Sra. Grove y ella la encontró allí cuando regresó de su viaje.

La Sra. Grove se enojó muchísimo cuando vio la llave en la cerradura de la puerta principal. Pero tal y como yo lo veo, debería estar feliz por el hecho de que nadie entrara a robar en la casa.

También estaba enojadísima porque, por desgracia, se había muerto la mayoría de sus plantas. Le aconsejé que se comprara un cactus o algún otro tipo de planta que no necesite mucha agua para sobrevivir.

Así no habría ningún problema si se me pierde la llave, LA PRÓXIMA vez que ella tenga que irse de viaje de negocios.

Pero la Sra. Grove dijo que no me volvería a contratar aunque su vida dependiera de ello. Y me largó para mi casa sin pagarme, lo que no deja de ser una faena, porque la verdad es que me pasé un montón de tiempo buscando la llave.

Me parece que ese episodio todavía está fresco en la memoria de papá, y por eso me está largando otra vez todo ese rollo de la "responsabilidad".

Con un poco de suerte, la próxima vez papá dejará tranquilos mis calcetines encima de la tele y las cosas no tendrán que llegar hasta este punto.

<u>Jueves</u>

Pues parece que papá se está tomando bastante en serio lo de hacer que me vuelva responsable. En primer lugar quiere que empiece a despertarme yo solo por las mañanas.

Y eso sí que es un problema, porque la verdad es que dependo totalmente de ÉL para que me despierte.

Ha sido así durante AÑOS y la verdad es que no veo motivo para cambiar las cosas ahora.

Papá dijo que si no soy capaz de despertarme yo solo con un despertador, entonces no voy a saber valerme por mí mismo cuando vaya a la universidad.

Pero es que yo siempre había pensado que esa iba a ser nuestra forma de mantenernos en contacto.

Ayer fue el primer día que intenté despertarme por mis propios medios y no funcionó demasiado bien. El despertador sonó con normalidad, pero el ruido consiguió integrarse en mis sueños.

Y hoy no ha ido mejor. Puse el despertador con la radio y sintonicé una emisora de música clásica, porque no quiero que ese pitido desagradable sea lo primero que oiga por las mañanas. Pero la música tampoco consiguió despertarme.

El problema es que, sin una intervención humana para despertarme, mi cerebro siempre va a encontrar una excusa para continuar durmiendo. Pero creo que ya tengo una solución para este problema del despertador. Hoy he encontrado uno de esos despertadores antiguos de cuerda en el cuarto de los trastos. La alarma de esos despertadores es tremendamente escandalosa cuando suena.

Lo probé para ver si todavía funcionaba y puedo asegurar que funcionaba.

No creo que NADIE pueda quedarse dormido con un ruido como ÉSE. El único problema es que el despertador no tiene posición de "repetición" y me preocupa por si detengo la alarma y luego vuelvo a quedarme dormido.

Así que esta noche he puesto el despertador debajo de la cama. De este modo, cuando la alarma suene no tendré más remedio que levantarme para alcanzar el reloj. Y ya estaré despierto para comenzar el día.

Viernes
Resulta que con el despertador nuevo han surgido otros problemas.

El tic-tac del reloj de cuerda debajo de la cama me hacía sentir como si estuviera durmiendo encima de una bomba a punto de estallar. Y la tensión me mantuvo la mitad de la noche en vela.

Pasé el día en el colegio medio sonámbulo, y todo fue bien hasta que convocaron una asamblea. Estábamos haciendo cola para entrar en el auditorio y me apoyé en la pared.

Creo que durante medio segundo di una cabezada, porque mi mano se deslizó y accidentalmente disparé la alarma de incendios.

Tuvimos que evacuar todo el colegio y apenas tres minutos después había varios coches de bomberos frente al edificio.

Cuando comprobaron que no había fuego, nos permitieron entrar de nuevo. El director habló por los altavoces y dijo que quienes habían activado la alarma antiincendios serían suspendidos y que debían presentarse inmediatamente en la oficina del director.

No lo entiendo demasiado, pero lo que SÍ SÉ es que no deberían decir cuál va a ser el castigo antes de pedir a los culpables que se entreguen. Por lo tanto, decidí que lo más inteligente sería permanecer callado y dejar que todos se fueran olvidando del tema.

Después de la tercera clase comenzó a correr el rumor de que la alarma te impregna con un líquido invisible cuando la tocas, y que los profesores disponen de un lector especial con rayos X que puede detectar este líquido en la mano. Por tanto, era cuestión de tiempo que localizaran al culpable.

Entonces todos empezaron a preguntarse si no habían sido los PROFESORES quienes habían lanzado el rumor, como un truco para ver quién era el chico que primero iba al cuarto de baño a lavarse las manos.

Y todo el mundo entró en estado de PURA paranoia.

NADIE entraba en el cuarto de baño y todo el mundo decidió aguantarse las ganas hasta el final del día.

El director tuvo que cerrar temprano el colegio, porque nadie iba a lavarse las manos y estamos en plena época de gripe.

Mamá estaba estudiando en la biblioteca, así que
tuve que llamar a papá al trabajo para que pasara a
recogerme al colegio antes de la hora. Y no pareció
hacerle demasiada gracia.

Pero si él no me hubiera obligado a despertarme yo
solo, nada de esto habría sucedido.

Miércoles
Vamos a empezar un ciclo nuevo en clase de Salud
denominado "Hechos de la vida", que al parecer abarca
todos los contenidos de los dos últimos meses. Han
enviado a casa un papel de autorización, de modo que si
no lo llevas firmado ni siquiera te permiten asistir a la
clase durante el resto del semestre.

No me gusta esto del permiso escrito. Mamá sólo me deja
ver películas infantiles, así que no hay POSIBILIDAD
alguna de que me permita estar en clase.

Para soslayar el problema, imprimí una nota falsa y la
monté sobre el papel del permiso.

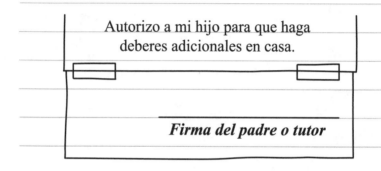

Autorizo a mi hijo para que haga
deberes adicionales en casa.

_Firma del padre o tutor_

Por suerte, mamá no miró el papel con demasiada
atención y conseguí la firma que necesitaba.

Me alegra que nos impartan este ciclo de "Hechos de la vida", porque tengo un montón de preguntas sobre estas cuestiones y no tengo dónde obtener respuestas fiables.

Casi todo lo que sé sobre este tema proviene de Albert Sandy y me pregunto si no nos da mala información. La semana pasada, por ejemplo, estuvo contándole a todo el mundo durante el almuerzo que es clínicamente imposible que las chicas puedan tirarse pedos.

Pues me consta que no es verdad, de cuando mamá abrazó a tía Dorothy en Nochebuena.

En fin, hoy ha sido el primer día del ciclo "Hechos
de la vida" y, por supuesto, la enfermera Powell ha
enviado a la biblioteca a los chicos cuyos padres no han
firmado el permiso, en calidad de "ayudantes especiales"
por el día.

El resto de nosotros estábamos muy alborotados,
porque nos moríamos de ganas de escuchar todos los
secretos que la enfermera Powell estaba a punto de
revelarnos.

Sin embargo, la cosa no fue EN ABSOLUTO como
yo había imaginado. La enfermera Powell puso varios
gráficos en el caballete y nos largó un ladrillo sobre
"cromosomas" y "cigotos" y otras chorradas científicas.

Yo esperaba que nos dijera que todo era una broma y luego sacara el material bueno de verdad, pero eso no sucedió. No sé si el colegio trata de desorientarnos para que perdamos interés.

En cualquier caso, si el colegio trata de sembrar la confusión lo hace muy bien. Durante el almuerzo intentamos explicar lo que habíamos aprendido en el ciclo "Hechos de la vida" a los chicos que no tenían permiso para asistir, y no pudimos ponernos de acuerdo en nada.

Sábado

Otra de las cosas que le toca hacer a papá ahora que mamá ha vuelto al colegio es llevarnos al dentista.

A la mayoría de los chicos no les gusta ir al dentista, pero yo lo estoy DESEANDO. He ido a la misma clínica dental desde que tenía dos años, y ellos se ajustan totalmente a mi perfil.

❤ **ABRACITOS TIERNOS** ❤

❤ *Tratamiento dental pediátrico* ❤

**¡Mimamos a los cobarditos!**

*Centro Comercial Tall Pines*

*Trompita*

Pero la razón principal por la que me gusta ir a la clínica dental es porque estoy TOTALMENTE enamorado de Rachel, la higienista que trabaja allí.

Rachel siempre me aconseja que me cepille los dientes y utilice hilo dental y todo eso, pero es que es tan bonita que me resulta difícil tomar en serio lo que dice.

Mamá también anda siempre detrás de mí para que use el hilo dental. Dice que si no me cuido mejor la boca voy tener que llevar dentadura postiza antes de ir a la universidad.

Lo he estado pensando y puede que no sea tan malo llevar dentadura postiza.

Si mis dientes fueran postizos, OTRA persona podría encargarse de cuidármelos y yo podría aprovechar el tiempo haciendo cosas más divertidas.

El único problema de estar enamorado de tu higienista es que sólo puedes verla cada seis meses, cuando vas a hacerte una limpieza dental. Así que tengo que sacar el máximo partido de cada visita.

La última vez que tuve una cita, miré a Rachel a los ojos todo el tiempo mientras ella me limpiaba los dientes, para que se diera cuenta de que estoy verdaderamente interesado en ella.

Esta mañana he ido a comprar un poco de colonia para causarle una impresión super-buena. Cuando papá me dijo que subiera al coche, yo ya estaba listo.

Pero papá pasó de largo la clínica dental y siguió conduciendo por la autovía. Le dije que se había pasado y que tenía que haber tomado la salida anterior, porque la Clínica Dental Abracitos Tiernos quedaba en la otra dirección.

Pero papá dijo que ya soy "demasiado mayor" para seguir yendo a un dentista infantil, así que desde hoy iba a cambiarme a su dentista, el Dr. Kagan.

Cuando le oí pronunciar ese nombre, un escalofrío me recorrió la espalda. He visto anuncios del Dr. Kagan en la autovía y tengo la impresión de que no es lo mismo que la clínica Abracitos Tiernos.

DR. SALAZAR KAGAN

# CIRUGÍA ORAL
## y odontología general

ORTODONCIAS
DRENAJE DE ABSCESOS
INJERTOS DE HUESOS

*"Porque la mala salud oral no es cosa de risa"*

Intenté que papá cambiase de parecer, pero dijo que ya había hecho todo el papeleo para cambiarme de clínica y no había vuelta atrás. Pensé en salir huyendo, pero papá debió de adivinar mis pensamientos, porque bloqueó los seguros de las puertas.

La clínica del Dr. Kagan era todavía más siniestra de lo que yo había imaginado. No había libros con ilustraciones para colorear ni juguetes ni las cosas que tenían en la sala de espera de la clínica Abracitos Tiernos.

El Dr. Kagan me esperaba en su clínica y tenía bien a la vista todos los instrumentos metálicos y brillantes y los tornos de modo que yo pudiera contemplarlos al entrar.

Está claro que este tipo no se anda con bromas.

Una vez que me senté en el sillón, el Dr. Kagan inició un interrogatorio sobre mis hábitos alimenticios. Se ENOJÓ muchísimo cuando le dije que consumo refrescos y se fue a un extremo de la sala y trajo un frasco que contenía un líquido marrón con una muela toda perforada.

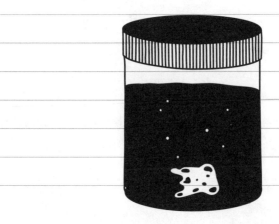

Me dijo que eso es lo que le sucede a una muela si la dejas en un vaso de refresco durante veinticuatro horas. Le dije al Dr. Kagan que tendría buen cuidado de no dejar nunca mis dientes en un vaso de refresco por la noche. Creo que pensó que yo estaba siendo sarcástico, pero en realidad sólo trataba de demostrarle que había prestado atención a sus palabras.

Entonces me hizo la limpieza de la dentadura. Yo estaba aterrorizado, porque si hay alguien que no quieres que esté enojado contigo, es un tipo que maneja instrumentos metálicos dentro de tu boca.

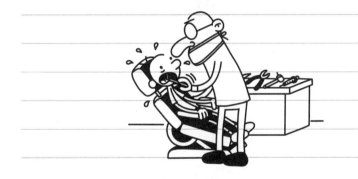

En un momento dado, el Dr. Kagan empezó a hacer radiografías. Me puso una lámina de plástico entre los dientes y me dijo que mordiera. Entonces tomó la radiografía y preparó la siguiente lámina de plástico.

Después de dos o tres radiografías, ya le estaba pillando el truco y cuando el Dr. Kagan empezó con mis muelas mordí el plástico antes de que me lo indicara. Bueno, yo CREÍ que era el plástico. Resulta que en realidad era su dedo.

Bueno, si antes ya estaba enojado eso no era NADA comparado con lo de ahora.

El Dr. Kagan me dijo que saliese a la sala de espera, mientras él trabajaba en mi "diagnóstico". Yo estaba totalmente seguro de que le iba a decir a papá que necesitaba una endodoncia o algo por estilo, para poder vengarse de mí.

Pero el Dr. Kagan hizo algo mucho PEOR todavía.
Le dijo a papá que yo necesitaba "medidas correctoras
severas" para mi "sobremordida", y le dio a papá este
folleto:

El Dr. Kagan dijo que debía llevar puesto mi arco
extraoral todo el tiempo, especialmente durante el día,
cuando estoy en el colegio. Está claro que intenta
destrozar mi vida social.

<u>Lunes</u>

Al levantarme esta mañana, no he encontrado mi arco
extraoral donde lo había dejado, así que tuve que ir sin él
al colegio. No es que me queje ni nada por el estilo.

En la clase de Salud, la enfermera Powell nos ha dicho
que vamos a empezar un nuevo ciclo sobre la crianza de los
hijos. Nos ha dicho que ser madre o padre es una gran
responsabilidad y en este ciclo vamos a aprender que cuidar
de un bebé no es tan fácil como parece.

Entonces ha traído un cartón de huevos. Ha dicho que
cada uno de nosotros iba a llevarse un huevo a casa y
traerlo de vuelta a clase el próximo día.

La cosa consistía en devolverle el huevo en perfecto
estado, sin grietas ni nada.

No sé qué tendrá que ver un huevo de gallina con un
bebé humano, pero ésta es una de esas situaciones que
me hacen pensar que tal vez recibiría una educación
mejor si papá y mamá decidieran cambiarme a un colegio
privado.

Luego la enfermera Powell ha dicho que esta práctica
con el huevo iba a contar un 25% en la nota final.

En fin, cuando la enfermera Powell mencionó las
notas, me puse realmente nervioso. Ya llevo suspenso
en Álgebra y no necesito que me cuelguen también en
Salud. Vamos, que iba a tener que cuidar muy bien del
huevo.

A los otros chicos, lo de SUS notas parecía traerles
sin cuidado, a juzgar por lo que ocurrió después de la
clase.

He oído que al conserje le llevó toda la tarde limpiar las yemas de las taquillas.

El único otro chico aparte de mí que no rompió el huevo fue Rowley. Lo puso en el bolsillo de su camisa.

Yo no tenía bolsillo en la camisa ni ningún otro lugar seguro para llevar el huevo. Tenía que pensar en algo rápido.

Terminé tomando un montón de papel higiénico del cuarto de baño y lo metí todo en mi mochila para acolcharla. Tuve que sacar varios libros, no fueran a romper el huevo, así que supongo que esta noche no haré los deberes de Historia.

De todas maneras, siempre me pongo nervioso cuando se trata de huevos, a causa de un incidente ocurrido el año pasado.

Invitaron a mi familia a casa de los Snella para otra fiesta de "medio cumpleaños" de uno de sus chicos. Los Snella habían montado una mesa con comida muy variada y la mayor parte de lo que había me parecía demasiado estrambótico. Pero sabía que mamá pensaría que era una grosería si no me servía algo en el plato.

La única cosa que reconocí eran los huevos rellenos,
porque los he probado un par de veces en casa de la
abuela.

Puse unos diez en mi plato. Pero cuando mordí uno,
me produjo arcadas. El sabor de los huevos rellenos de
casa de los Snella no se parecía EN NADA a los que
hace la abuela, y ahora tenía el plato lleno de ellos.

Así que esperé a que nadie estuviera mirando y
entonces tiré los huevos rellenos en una planta de
plástico que había en el salón.

PLIF

Pude salir del apuro, pero resulta que unas semanas después la señora Snella le dijo a mamá que había un olor horrible en su casa y que no podía encontrar el origen.

Al principio, los señores Snella pensaron que el olor procedía de la alfombra y contrataron a un especialista para que la limpiara. Pero eso no resolvió el problema y entonces pensaron que podría tratarse de una ardilla o un ratón muerto detrás de la pared. Así que contrataron a un carpintero para que intentara encontrar el animal.

Después de varias semanas, cuando ya no pudieron soportar más la peste, decidieron mudarse.

Y tengo que admitir que me sentí un poco culpable cuando vi que se llevaban la planta de plástico con ellos.

Desde entonces estudio cómo esconder varios huevos rellenos en casa de Fregley.

## Martes

Cuando volví a casa ayer, puse el huevo en el cajón de los calcetines, pero luego me di cuenta de que allí no estaba seguro.

Siempre que traigo algo nuevo, Manny consigue arreglárselas para encontrarlo y destrozarlo.

De hecho, apenas le costó un día y medio encontrar mi arco extraoral. Me trae SIN CUIDADO lo que diga el Dr. Kagan, no pienso volver a ponerme ESE chisme.

Pensé en esconder el huevo en lo alto del ropero, pero eso tampoco iba a detener a Manny. Una vez escondí allí varios libros de cómics, pero este chico es capaz de trepar como si fuera un mono.

Me di cuenta de que cuanto más me esfuerzo para esconder algo, más posibilidades hay de que Manny lo encuentre. Así que decidí guardar el huevo en un lugar tan obvio que a él nunca se le ocurriría.

Lo puse en la segunda bandeja del frigorífico. Pero por la mañana, cuando fui a la nevera para recoger el huevo, resulta que ya no estaba ahí.

Me entró un ataque de pánico y le pregunté a mamá si había visto a Manny coger un huevo de la nevera.

Pero mamá dijo que había sido ELLA quien lo había cogido, y ahora me lo estaba preparando para el desayuno.

De pronto, sentí que se me encogía el estómago. Me di cuenta de que, si no era capaz de cuidar de un huevo ni siquiera durante veinticuatro horas, estaba claro que no tenía ningún futuro como padre.

Cuando volví al colegio, me di cuenta de que todas las chicas de la clase de Salud habían conseguido llevar los huevos íntegros al colegio. Varias lo llevaban en unas bolsitas que habían cosido y algunas incluso lo habían decorado con cristalitos brillantes, purpurina y cosas así.

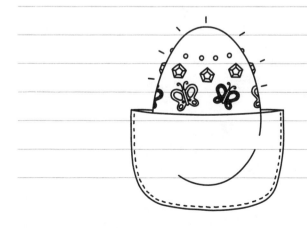

Estoy convencido de que el objetivo de la lección
era enseñarnos que cuidar un niño pequeño no es tan
sencillo como podría parecer, pero parece que las
chicas no agarraron bien la idea.

Pensé en cambiarle el huevo a Rowley cuando estuviera
distraído y presentarlo como si fuera el mío, pero él
también lo había personalizado dibujándolo con lápices
de colores y tuve que descartar la idea.

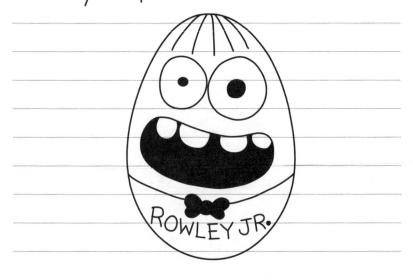

ROWLEY JR.

Cuando la enfermera Powell se acercó a mí en clase, saqué una bolsita de plástico con el huevo revuelto, pero a ella no pareció impresionarle demasiado.

> ¿PODRÍA CONTAR AL MENOS COMO UNA PARTE DE LA NOTA?

Me parece que eso significa que probablemente voy a tener que venir a clases de verano para recuperar la asignatura de Salud.

La enfermera Powell felicitó a todos los que habían conseguido traer el huevo en perfectas condiciones. Entonces cogió todos los huevos y los tiró a la basura.

CHOFF

Aquello puso histéricas a las chicas, y a Rowley.

Todo lo que se me ocurre es que este episodio ha hecho que me sienta seriamente preocupado por la próxima generación de padres en nuestro país.

## Viernes

Esta tarde oí que alguien llamaba a la puerta y cuando fui a abrir, me quedé muy sorprendido al ver al abuelo allí de pie.

Una cosa que me dejó confuso es que traía consigo una maleta. Pero cuando me di la vuelta y vi que papá y mamá también habían hecho SUS equipajes, me imaginé lo que sucedía.

Papá y mamá dijeron que últimamente no habían pasado mucho tiempo juntos, así que habían decidido hacer una "escapada romántica" de fin de semana. Le pidieron al abuelo que viniera a casa y se quedara con nosotros.

No hacía ninguna falta que mencionaran la palabra "romántica", porque en lo que a mí respecta prefiero ignorar esa parte.

Papá y mamá no confían en Rodrick y en mí para dejarnos solos en casa, porque la última vez que lo hicieron Rodrick montó un fiestón.

Cuando papá y mamá se van de viaje, suelen dejarnos con la abuela. Pero ahora está en un crucero con sus amigas y por eso nos ha tocado el abuelo.

Papá y mamá no nos avisan nunca cuando se van de viaje. Por su aniversario, ni siquiera sabíamos dónde se encontraban hasta que llamaron por teléfono.

La ÚLTIMA vez que nos dejaron con el abuelo, Rodrick y yo todavía éramos bastante pequeños. No recuerdo lo que fue mal durante aquella semana, pero de lo que sí me acuerdo es que el abuelo me dejó en el entrenamiento de béisbol a la hora equivocada y en el sitio equivocado.

No creo que a Rodrick le entusiasmara la idea de quedarse con el abuelo, porque salió disparado apenas un segundo después de que papá y mamá se marcharan.

Por desgracia, yo no tengo furgoneta ni permiso de conducir, así que me tocó quedarme con Manny y el abuelo.

Manny se fue directamente a la cama, aunque tan sólo eran las 4:30 de la tarde. De modo que nos quedamos solos el abuelo y yo.

El abuelo me hizo sándwiches de queso derretido y sin corteza para cenar, cosa que no había comido desde que era muy pequeño. Vimos algo de televisión, pero a eso de las 7:00 el abuelo la apagó y me preguntó si quería que me leyera un cuento. La verdad es que nadie me ha leído un cuento en la cama desde que estuve en el jardín de infancia, pero para no herir los sentimientos del abuelo, le dije que sí.

Sábado

Como ayer me fui a la cama a eso de las 7:30, esta mañana me he despertado muy temprano.

Y cuando he bajado las escaleras he visto una gran carpeta sobre la mesa de la cocina.

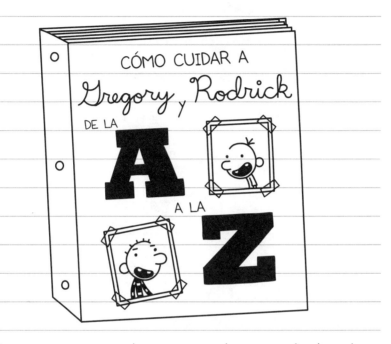

De pronto comprendí el porqué de los sándwiches de queso derretido y lo de acostarse temprano y leerme un cuento en la cama. El abuelo estaba utilizando el manual que le hizo mamá LA ÚLTIMA VEZ que nos cuidó hace ocho o nueve años.

Fui pasando las páginas y, en efecto, todo eran instrucciones sobre cómo atendernos cuando éramos pequeños.

Al menos el 95 % del contenido era completamente
obsoleto.

**C** Acerca de
las Cerezas

No le permitas a Rodrick que
beba ni una gota de jugo de
cereza antes de irse a la cama,
porque se vuelve extremadamente
hiperactivo.

Parte del contenido podía resultar ridículo. Me alegro
de haber encontrado el manual antes de que lo hiciera
Rodrick, porque él me lo hubiera recordado toda la vida.

**Z** Acerca de
las Zapatillas

Gregory no sabe
distinguir cuál es la de la izquierda y cuál es la de la derecha,
así que necesitará que lo ayudes.

Retrocedí a la página de la T, y esto es lo que ponía:

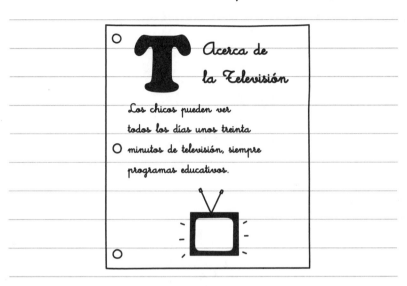

**T** Acerca de la Televisión

Los chicos pueden ver todos los días unos treinta minutos de televisión, siempre programas educativos.

No creo que sea posible sobrevivir todo un fin de semana con el abuelo si no puedo ver televisión, así que quité esa página y puse otra nueva en su lugar.

**T** Acerca de la Televisión

Gregory puede ver la televisión todo el tiempo que quiera.

Entonces me di cuenta de que por la parte de atrás de la página T estaba la S y tuve que sustituirla.

S Acerca de los Sopapos

Es lo que tienes que darle a Rodrick, en caso de que se marche de casa sin pedir antes permiso.

## Lunes

La mala suerte quiso que papá y mamá volvieran a casa ayer antes que Rodrick, y el abuelo se marchase de vuelta a su piso. Una verdadera pena, porque tenía yo los dedos cruzados respecto a la página S.

Mamá dijo que ella y papá habían hablado largo y tendido durante el fin de semana, y estaban de acuerdo en que había un montón de cosas que habían empezado a fallar en casa, desde que ella había vuelto a estudiar.

Supuse que mamá nos iba a regañar por no hacer nuestras tareas, sin embargo lo que dijo fue que iba a CONTRATAR a alguien para que ayudara con la limpieza. No podía creer lo que estaba oyendo. En concreto mamá utilizó el término "empleada doméstica", pero yo sabía que eso quería decir "una sirvienta".

Supongo que a mamá le resultaba bastante embarazoso tener que contratar a alguien para que nos ayudara con las labores domésticas, porque nos pidió que no lo comentáramos a nadie.

En fin, sintiéndolo mucho, las oportunidades como ésta no se presentan así como así, de modo que me resultó difícil tener la boca cerrada en el colegio.

¡VAMOS A TENER UNA EMPLEADA DOMÉSTICA!

Chirag Gupta dijo que su familia NO NECESITA tener servicio doméstico y que él está encantado, porque su madre está allí en casa cuando él regresa de la escuela.

Pero seguro que eso es lo que dicen todos los que no tienen servicio doméstico, para consolarse.

Mañana es el primer día de trabajo de Isabella, la sirvienta. Creí que eso significaba que todos podíamos relajarnos un poco y no tener que recoger las cosas, pero mamá nos hizo limpiar toda la casa esta noche. Dijo que no quería que Isabella fuera a pensar que vivimos "en una pocilga".

Al regresar hoy del colegio, Isabella estaba en
la sala viendo telebasura. En realidad no puedo
culparla, ya que nosotros habíamos hecho su trabajo
el día anterior. Pero se estuvo allí unas dos horas
monopolizando la televisión.

Luego, cuando mamá volvió a casa a última hora, se
sorprendió de lo limpio e impecable que estaba todo.
Ni se acordaba de que fuimos NOSOTROS quienes
hicimos todo el trabajo.

Pero parecía tan feliz que no quise desilusionarla.

Yo no estaba tan contento como mamá. Anoche le dejé una nota a Isabella, pidiéndole que me lavara la ropa, como si la hubiera escrito mamá.

**Apreciada Isabella:**

**Por favor, ocúpese de**

**lavar la ropa de Gregory.**

**Atentamente,**

**Sra. Heffley**

Se supone que tengo que lavar MI PROPIA ropa, y no quería que mamá se enterase de que yo le pedía a Isabella que lo hiciera ella. Así que añadí lo siguiente a la nota:

> **P.D. Destruya esta nota**
> **después de leerla.**

Entonces coloqué la nota sobre la bolsa de la ropa sucia para que Isabella pudiera verla. Esperaba volver a casa y encontrarme toda mi ropa ya lavada, doblada y colocada sobre mi cama. Pero en su lugar encontré una nota de Isabella.

Menos mal que llegué a casa antes que mamá, o de lo contrario la habría encontrado ella.

> **Apreciada Sra. Heffley:**
> **¿Podría recordarme cuál**
> **de los chicos es Gregory?**
> **Isabella**

Eso fue un fastidio, porque tuve que cargar de vuelta con la bolsa de la ropa sucia escaleras arriba. Y pesa mucho más cuando subes que cuando bajas.

Isabella no volverá hasta el jueves, así que voy a tener que esperar hasta entonces para hacer un nuevo intento.

Todo esto me resulta emocionante, porque hasta ahora nunca he tenido a alguien a quien pasarle mi trabajo. Rodrick SIEMPRE trata de engañarme para que le haga SUS cosas.

Empieza por pedirme algo, y yo siempre le digo que no.

Entonces empieza una cuenta atrás desde diez. Y no sé por qué, eso siempre le da resultado.

En cambio, he comprobado que esto no funciona con las personas mayores.

La semana pasada intenté que papá fuera a buscar el mando de la tele, porque lo había dejado en la mesa de la cocina, pero no movió un músculo.

En cualquier caso, espero que Isabella no me falle el jueves. Llevo varios días con los mismos calcetines y parecen almidonados.

Jueves

Me parece que esto empieza a pasar de castaño oscuro. Anoche volví a arrastrar mi bolsa de la ropa escaleras abajo y le dejé otra nota a Isabella.

> **Apreciada Isabella:**
>
> **Gregory es el que tiene el dormitorio empapelado de azul.**
>
> **Por favor, lave y seque su ropa y llévela a su habitación.**
>
> **Muchas gracias,**
> **Sra. Heffley**

Pero en lugar de lavar la ropa, lo que ha dejado ha sido otra nota.

> **Apreciada Sra. Heffley:**
>
> **Gracias por la aclaración.**
>
> **Ahora, dígame:**
>
> **¿Prefiere que separe la ropa blanca de la de color o la lavo toda junta?**
>
> **Isabella**

Ahora entiendo la forma de actuar de Isabella para evitar tener que lavar la ropa. Por un lado, tengo que admitir su inteligencia para salirse del trabajo. Pero por otro lado, necesito una muda de ropa interior limpia cuanto antes.

Lo que MÁS ME FASTIDIA es que Isabella se come nuestra merienda. He ido a la despensa a buscar unas galletitas saladas y me he encontrado la bolsa casi vacía.

Y he visto que también se han acabado las papitas fritas. Y por increíble que pueda parecer, Isabella dejó una nota en la despensa para quejarse de nuestro surtido de aperitivos.

> **Apreciada Sra. Heffley:**
>
> **Por favor, tome nota de que prefiero las papitas fritas con sabor a barbacoa a las que tienen sabor normal.**
>
> **Isabella**

Pues las papitas fritas que se comió ERAN con sabor a barbacoa y no se dio ni cuenta. Y es que Manny tiene la mala costumbre de lamer el aderezo de las papitas, para después volverlas a meter en la bolsa. Desgraciadamente, esto lo descubrí por experiencia propia.

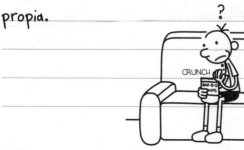

Mamá salió y compró un montón de aperitivos exclusivamente para Isabella y los puso en la despensa, sin permitirnos tocarlos siquiera.

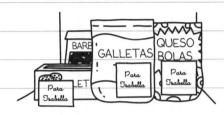

## Lunes

Hoy anunciaron en el colegio que van a hacer un evento especial en beneficio del programa de música, denominado "Encierro nocturno". Hasta donde puedo deducir se trata de una especie de fiesta de pijamas, con chicas y chicos, así que definitivamente pueden contar CONMIGO.

Lo único que me preocupaba era la parte que se refería al "acompañante adulto". Así que corté ese trozo antes de enseñarle el papel a mamá.

Martes

Ya está, llegué al límite de mi paciencia con Isabella. Le di una nueva oportunidad para que me lavara la ropa, pero de nuevo se ha salido con la suya.

**Apreciada Isabella:**

**Puede mezclar la ropa blanca y la de color.**

**Por favor, ocúpese de esto lo antes posible, porque Greg está sin ropa limpia para ir al colegio.**

**Sra. Heffley**

Y esto es lo que encontré encima de la bolsa de la ropa sucia cuando volví a casa:

**Apreciada Sra. Heffley:**

**Gracias por su explicación sobre la ropa
blanca y la ropa de color. Por desgracia, se
me ha perdido la nota anterior, en la que me
explicaba cuál de los chicos es Gregory.**

**Isabella**

Me di por vencido oficialmente. Como siempre limpiamos la casa antes de que llegue Isabella, estoy seguro de que el único "trabajo" que hace es escribir estas notas.

Y lo que todavía es peor: anoche cuando me acosté, noté que había algo en las sábanas a la altura de los pies. Busqué y saqué lo que parecía una media.

Eso quiere decir que Isabella duerme la siesta en
MI CAMA. Fui a la habitación de mamá y le dije
que creía que contratar a Isabella había sido una
equivocación, y que debía despedirla.

Pero mamá no quiso escucharme. Dijo que la casa
estaba "inmaculada" desde que la contratamos y que
todos deberíamos estarle agradecidos por lo que hace
por nosotros. Está claro que Isabella tiene a mamá
TOTALMENTE engañada.

Sólo se me ocurre que si lo de ser sirvienta consiste en
ver la tele todo el día, comer chucherías y dormir la
siesta, me parece que al fin, he dado con una carrera
que de verdad me puede interesar.

# NOVIEMBRE

## Sábado

Anoche papá me llevó al colegio a las 8:00, para el "Encierro nocturno". Tan pronto traspasé el umbral de la puerta, me di cuenta del gran error que había cometido. Había en torno a un 90% de chicos y apenas un 10% de chicas. Y lo que todavía era peor, ROWLEY también estaba allí.

Intenté marcharme, pero uno de los adultos ya había cerrado la puerta. Me tocaba pasar allí la noche con todos los demás.

Sospecho que casi todas las chicas de mi clase decidieron no asistir y que las que acudieron les pasó lo que a mí.

Me di cuenta de que no me quedaba otra que resignarme y pasé al auditorio, donde se estaba instalando todo el mundo. Lo primero que noté era que había al menos un adulto por cada uno de los chicos, lo cual no es una buena fórmula para pasártelo en grande.

Casi todos los adultos eran padres, pero había también algunos profesores. Y no sé por qué me parece que estos últimos estaban allí porque no les quedaba otra.

Dejé caer mi bolsa sobre el suelo del escenario, donde se encontraban todos los demás chicos. Pero entonces me di cuenta de que Rowley estaba allí, así que me trasladé al otro extremo.

Al parecer la mayor parte de los chicos ya se había hecho a la idea de lo que iba a ser aquello, y se dedicaban a jugar con los diferentes dispositivos electrónicos que habían llevado con ellos.

A mí ni se me OCURRIÓ llevar los videojuegos y no tenía ni una revista, ni nada para pasar el rato. Le pregunté a uno de los adultos qué podía hacer.

La Sra. Barnum me dijo que se había instalado un "centro de actividades" en uno de los rincones, a disposición de quienes quisieran hacer algo divertido durante la noche.

Pero sólo había actividades para niños pequeños.

En vista del panorama, decidí quedarme sentado sobre mi saco de dormir, con las manos abrazando las rodillas.

Hacia las 9:00 los adultos avisaron que era la hora de los juegos, pero nadie los escuchó porque todo el mundo tenía puestos los auriculares.

El Sr. Tanner dijo que había que ser "sociables" y confiscó todos los teléfonos móviles, reproductores de música y demás chismes que los chicos habían incluido en sus respectivos equipajes.

Entonces todos nos sentamos formando un círculo en el centro del auditorio. La Sra. Carr dijo que íbamos a jugar a "rompehielos" para así conocernos mejor unos a otros.

Pero la verdad es que todos los chicos ya nos conocíamos bastante bien, porque habíamos estado juntos desde preescolar. De hecho, creo que todos nos conocíamos DEMASIADO bien.

La Sra. Carr dijo que íbamos a empezar con el "juego de los nombres", que consiste en que cada cual tiene que ponerse un apodo que empiece con la misma letra que su nombre, como por ejemplo Demetrio, el Deportista o Alfredo, el Astuto y cosas por el estilo. La idea es que tu apodo diga algo de tu personalidad.

Rowley fue el primero.

Resultaba verdaderamente difícil buscar un apodo que sonara bien y mi turno se acercaba muy deprisa. Al final me quedé con "el Gran Greg", que era más bien poco original pero no se me ocurría otro apodo decente que empezara con la letra "G".

Por lo visto el chico que estaba a mi derecha tenía el mismo problema.

No podía utilizar el mismo término que George, porque todo el mundo iba a decir que yo lo había copiado.

Dudé unos momentos, intentando pensar otra palabra que empezara por la "G", pero todo el mundo me estaba mirando y mi cerebro se quedó en blanco.

Entonces intervino la Sra. Libby con la intención de sacarme de apuros.

A todo el mundo le pareció bien, aunque "Jovial" no empieza con "G". Esto da qué pensar sobre nuestro sistema educativo, sobre todo teniendo en cuenta que la Sra. Libby es profesora de Lengua en el nivel avanzado de octavo curso.

"Greg el Jovial" me pareció un apodo HORROROSO, pero antes de que se me ocurriera otro mejor le tocó el turno al chico que estaba a mi izquierda y ya no hubo nada que hacer.

Así que ahora iba a tener que aguantar con aquel estúpido apodo durante el resto de la noche y probablemente hasta que vaya a la universidad.

# HOLA
### MI NOMBRE ES
## GREG
## EL JOVIAL

Después nos pusimos a jugar a una cosa llamada "Nunca se lo había contado a nadie", que consiste en que cada uno tiene que revelar un secreto íntimo. La Sra. Carr dijo que este juego nos ayudaría a establecer "vínculos" con los demás, pero me parece que su finalidad VERDADERA era que los adultos pudieran tomar nota de quiénes eran los elementos más peligrosos.

Pude constatar más tarde que mi teoría era cierta, cuando Teddy Caldwell bajó a los servicios y lo siguió un adulto.

Jugamos a algunos "rompehielos" más, pero nadie ponía atención, porque cada cinco segundos sonaba uno de los móviles que había en la bolsa de los dispositivos electrónicos. El Sr. Tanner tenía entonces que buscar dentro de la bolsa cuál de los teléfonos era el que sonaba y apagarlo.

Al final se dio por vencido y dejó la bolsa en la sala de profesores.

Cuando acabamos con los juegos, tuvimos un descanso de quince minutos antes de la siguiente actividad. Algunos de nosotros habíamos llevado cosas para comer, pero la comida estaba estrictamente prohibida y tuvimos que comer a escondidas.

Los adultos parecían saber EXACTAMENTE quiénes teníamos comida y lo confiscaron casi todo.
El Sr. Farley incluso encontró los caramelos de fresa que tenía escondidos en mi almohada.

Al final descubrimos que alguien nos delataba. Era Justin Spitzer, a quien los adultos habían sobornado con parte de las golosinas decomisadas.

El único chico al que todavía le quedaba algo de comida era Jeffrey Chang, que se había traído una bolsa enorme de ganchitos de queso. Creo que Jeffrey se dio cuenta de que era cuestión de tiempo antes que lo pillaran, así que se encerró en los servicios de chicos para comer tranquilo. Pero los adultos se dieron cuenta de lo que sucedía y entonces Jeffrey tuvo que deshacerse apresuradamente de las pruebas del delito.

Después del período de descanso volvimos a formar
el círculo y la Sra. Dean dijo que íbamos a jugar a
"Adivina quién es". Entonces nos distribuyó en diez
equipos. Yo estaba en el Equipo 3 con George Fleer,
Tyson Sanders y unos cuantos chicos más.

Me alegré de que no me hubiera tocado en el mismo
equipo que Rowley, porque hubiera sido muy incómodo.

El juego consistía en lo siguiente: cada equipo debía
ir a otra habitación y hacer una fotografía de uno de
sus miembros. Sin embargo, la foto tenía que ser un
primer plano, como una oreja o una nariz o una mano o
algo así. Y luego cada equipo debía traer su foto a la
biblioteca, para que los otros equipos adivinasen quién
aparecía en la foto.

La Sra. Dean dijo que el premio para el equipo ganador
serían unos sándwiches de helado. Tengo que admitir que
sonaba bastante bien. Cuando sacó las cámaras se montó
un alboroto, porque ya llevábamos casi dos horas sin
acceder a ninguna clase de tecnología.

Entonces nos dimos cuenta de que eran cámaras
antiguas de tipo Polaroid, de las que sacan la foto
impresa en papel, y todos nos quedamos un poco
decepcionados, porque esa clase de cámaras no tienen
pantalla ni nada de eso.

Nuestro equipo fue al laboratorio de Ciencias, para hacer nuestra fotografía en privado. Lo primero era decidir quién era el que aparecería en la foto.

George Fleer dijo que sacáramos una foto de su ombligo, pero todos opinamos que era demasiado obvio, porque lo tiene muy prominente y los otros equipos lo iban a IDENTIFICAR al momento.

Probamos a sacar diferentes fotografías de los miembros de nuestro grupo, pero todas resultaban demasiado obvias.

Nicky Wood quería que le hiciéramos la foto a él, pero está lleno de pecas y no pudimos encontrar ni una sola parte de su cuerpo que no lo delatase.

Tomamos una foto de la espalda de Christopher Brownfield, pero pillamos a uno de los chicos del Equipo 4 espiándonos, así que tuvimos que elegir a otro.

Entonces sacamos varias fotografías de Tyson Sanders, y la mejor de todas fue una del brazo doblado.

Nadie podía saber de qué era la foto. Fue ésta la que elegimos.

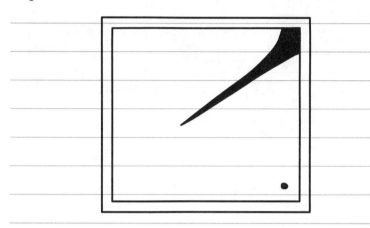

Cuando todos los equipos estuvieron de vuelta en la biblioteca, pusimos nuestra foto en la pared, junto a las demás. En cuanto vimos las otras fotos supimos que íbamos a ganar.

Algunas de las imágenes eran tan fáciles de identificar que resultaba patético.

Por ejemplo, mejor no preguntar en qué estaban
pensando los miembros del equipo de Rowley.

Estábamos deseando que empezara la parte de adivinar
a quién correspondían las fotos, ya que estábamos
seguros de que nadie iba a poder identificar la nuestra.
Pero el Sr. Tanner inmediatamente tomó nuestra
fotografía y se puso a mirarla.

Entonces el Sr. Tanner dijo que no le hacía ninguna gracia la "bromita" del Equipo 3 y que quedábamos descalificados del concurso.

Nos miramos unos a otros, intentando imaginar de qué diablos hablaba el Sr. Tanner. Pero la Sra. Dean también estaba enojada. Dijo que sacar fotos de los "glúteos" de alguien era algo totalmente inapropiado.

Ninguno sabíamos lo que significaba aquello de "glúteos", pero como por suerte estábamos en la biblioteca, lo miramos en el diccionario. Y quién lo hubiera pensado, resulta que quiere decir "trasero". De hecho, también nos enteramos de que hay MILLONES de palabras diferentes para decir "trasero".

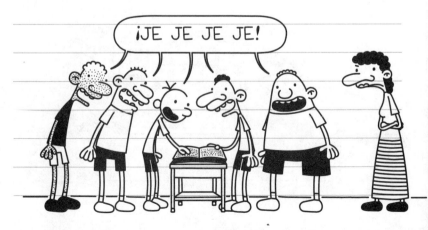

Pero los profesores estaban ENOJADÍSIMOS.
Creían que habíamos retratado el trasero de alguien
y la verdad es que según en qué posición mires la foto,
sí se podría cometer esa equivocación.

El Sr. Tanner dijo que iba a llamar a nuestros padres
para que nos llevaran a casa, y dijo también que el
chico cuyo trasero aparecía en la foto iba a tener un
problema MUY serio.

Yo sabía que si el Sr. Tanner llamaba a mis padres a
las 11:00 de la noche no iban a estar nada contentos,
y estaba seguro de que los demás chicos de mi equipo
pensaban lo mismo. Entonces George Fleer salió
corriendo, contagiándonos su pánico a todos.

Así que los demás echamos a correr también.

Era una especie de "sálvese quien pueda" y terminé escondiéndome en el aula de música con Tyson Sanders. Apagamos las luces, de manera que a nadie se le ocurriera buscarnos allí.

Tyson estaba de veras preocupado por si a los profesores se les ocurría hacer una fila de todos los traseros para intentar localizar cuál era el de la foto. Pero le dije que estuviera tranquilo, porque como siempre se baja los pantalones hasta abajo cuando va a hacer pis, todo el mundo conoce su trasero.

Tyson y yo permanecimos durante largo rato en el aula de música, pero al final nos encontraron un par de profesores con la ayuda de Justin Spitzer.

Los adultos nos condujeron a la biblioteca, donde ya se encontraban los demás miembros del Equipo 3.

Bueno, todos excepto Christopher Brownfield, que hasta donde yo sé todavía debe de andar escondido detrás de la máquina de refrescos de la segunda planta.

Tyson le explicó al Sr. Tanner que la fotografía era de su brazo. Por suerte, Tyson tiene un lunar cerca del codo, que se correspondía con el que aparecía en la foto, o de lo contrario el Sr. Tanner no le hubiera creído.

Después de que el Sr. Tanner miró el brazo de Tyson y la foto varias veces dijo que había cometido un "error inocente" y que cualquier "persona razonable" podría haberse equivocado de la misma manera. Me pareció una disculpa muy pobre, pero yo estaba contento de que ya no hablara de llamar a nuestros padres.

Después de aquello, se terminaron los juegos y los adultos dijeron que era hora de acostarse para pasar la noche. Me parece que todos los que fueron al "Encierro nocturno" pensaron en pasar toda la noche despiertos, pero a esas alturas yo estaba contento de irme a dormir, si eso significaba que la noche iba a pasar más deprisa.

Fui al auditorio para meterme en mi saco de dormir, justo al lado de Jennifer Houseman, que por cierto no está nada mal. Pero los adultos dijeron que las chicas tenían que recoger sus cosas y cambiarse a la biblioteca audiovisual, mientras que los chicos nos quedábamos en el auditorio.

Yo esperaba poder descansar algo, pero muchos de los chicos se pusieron a armar jaleo.

En un momento dado, George Fleer comenzó a perseguir a la gente enseñando su ombligo, que ciertamente era terrorífico.

¡SOCORRO!

Esta es la clase de cosas que no puedo soportar de los chicos de mi edad. Cuando se ponen así, se convierten en una manada de bestias salvajes.

Cuando George empezó a perseguir a la gente, yo aproveché para ir al baño a cepillarme los dientes. El baño se encuentra detrás del auditorio y las luces estaban apagadas, de modo que estaba la mar de oscuro aquello.

Escuché un ruido extraño y me sobresalté durante un momento, porque en el colegio tenemos un problema con ratones. Sin embargo, resultó que era Fregley, que jugaba en la piscina de bolas.

Alrededor de la medianoche, el Sr. Palmero, el consejero escolar, les dijo a todos que se metieran en los sacos de dormir y se calmaran. Entonces dijo que no se podía hablar por el resto de la noche y que no quería escuchar ni pío.

De vez en cuando, alguien se tiraba un pedo, y eso enojaba mucho al Sr. Palmero porque no podía averiguar quién lo hacía.

Después de lo que había ocurrido con las fotografías, me parece que los adultos estaban muy susceptibles respecto a todo lo que tuviera que ver con traseros.

El Sr. Palmero dijo que todo el que necesitara "liberar gases", debía ir a hacerlo detrás del telón del escenario.

Entonces los chicos empezaron a turnarse para decirle al Sr. Palmero que tenían que ir al otro lado del telón y una vez allí hacían los ruidos más repugnantes que se puedan imaginar.

Aquello duró un rato y alcanzó su apogeo cuando
David Rosenburg bajó al aula de música y se trajo una
tuba.

No sé si fue una casualidad o no, pero en aquel
mismo instante nos quedamos sin calefacción en el
auditorio.

De hecho, creo que alguien puso en marcha el aire acondicionado. Todo lo que sé es que después de aquello todo el mundo se quedó dentro de su saco de dormir.

Al cabo de un rato, al Sr. Palmero se quedó dormido pero todos los chicos seguíamos despiertos. Algunos murmuraban que aquello era como una cárcel, y hablaban sobre cómo salir de allí y volver a casa.

El problema era que todas las salidas estaban cerradas con candado. Supongo que teníamos que haber sabido en qué nos metíamos cuando a algo le llaman "Encierro nocturno".

Albert Sandy dijo que él había visto una película donde varios tipos se fugaban de la cárcel cavando un túnel con una cuchara, y a muchos chicos les entusiasmó la idea.

Pero aquello no eran más que tonterías de Hollywood, porque conseguimos varias cucharas de la cocina pero no pudimos hacer ni una sola MUESCA sobre el suelo de linóleo.

A eso de la 1:30 de la madrugada, alguien vio unos reflejos intermitentes que llegaban del exterior y todos nos desplazamos a la parte trasera del auditorio, para ver qué era aquello.

Era un hombre de la compañía de grúas, que rondaba el auto del Sr. Palmero aparcado en una plaza reservada para minusválidos.

Tratamos de llamar la atención del hombre, para que nos liberase de nuestro encierro.

Pero el tipo no llegó a oírnos y se llevó a remolque el auto del Sr. Palmero. Pensé en despertarlo y avisarle, pero me pareció que debíamos dejarlo dormir tranquilo.

A esas alturas, hacía tanto frío en el auditorio que todos los chicos nos fuimos apretando unos contra otros como sardinas en lata, para preservar el calor corporal.

Pensé que probablemente se estaría mucho más a gusto y calentito en la biblioteca audiovisual, y me llegué a plantear en serio acercarme allí y quedarme acompañando a las chicas.

Pero supuse que me pillarían y me harían regresar.

Creo que me debí dormir hacia las 2:30. A eso de las 3:00, unos golpes en la puerta despertaron a todo el mundo. El Sr. Palmero abrió el candado y se encontró con un grupo de padres que parecían enojados.

Al parecer habían estado intentando llamar a sus hijos para asegurarse de que todo iba bien, pero ninguno contestaba a las llamadas porque el Sr. Tanner había confiscado los móviles de todo el mundo. Y cuando los padres empezaron a llamarse unos a otros se asustaron mucho.

Para abreviar la historia, todos los padres que fueron al colegio se llevaron a sus hijos con ellos a casa. Y sólo quedamos los dos únicos chicos que no teníamos teléfono móvil: Rowley y yo. Aquello sí que fue una faena.

Algo me dice que esto del "Encierro nocturno" no es más que un invento de los padres y profesores para que perdamos el interés por las fiestas mixtas de chicas y chicos. Si es así, la verdad es que han dado en el blanco.

## Lunes

Me pasé el fin de semana intentando recuperarme del "Encierro nocturno", ya que no pude pegar ojo durante la noche del viernes. Pero creo que la experiencia resultó excesiva para mi cuerpo, porque esta mañana me he despertado enfermo.

Reconozco que en alguna ocasión he fingido estar enfermo para no tener que ir al colegio, pero mamá suele pillarme siempre.

Pero hoy mamá me tomó la temperatura, y debía tener fiebre porque me dijo que tenía que quedarme en la cama.

Dijo que tenía que pasar el día en la biblioteca para preparar el examen final de esta noche, de manera que no podía quedarse en casa para cuidarme. Eso sí que es una faena, porque lo único bueno de ponerse enfermo es tener a alguien que te mime.

Mamá dijo que hoy venía a trabajar Isabella, de modo que podía recurrir a ella en caso de urgencia. Pero en cuanto se marchó mamá, cerré con pestillo la puerta de mi habitación, no fuera que Isabella intentara entrar para dormir la siesta.

Debí quedarme frito hasta mediodía y cuando desperté había mucho ruido en el piso de abajo. La televisión estaba puesta muy alta y además se oía a muchas mujeres hablando.

Miré por la ventana y había cantidad de autos aparcados en la calle y alrededor de la casa.

No sabía qué pasaba, así que permanecí en mi habitación. Al cabo de una media hora, mamá llegó en su auto y entró en la casa. Cinco minutos después un montón de señoras desfilaron por la puerta, Isabella entre ellas.

Mamá subió a mi habitación y estaba indignadísima.

Dijo que había decidido volver a casa pronto de la biblioteca para poder cuidarme y que, cuando llegó, se encontró con que todas las sirvientas del barrio estaban reunidas viendo un culebrón.

Esta noche mamá convocó una nueva reunión familiar y dijo que los servicios de Isabella "ya no eran necesarios", y que todos nosotros íbamos a tener que ayudar en casa. Me alegré de escucharlo, porque ya no tendré que preocuparme de si hay medias olvidadas dentro de mi cama.

Martes

Al llegar hoy al colegio, Rowley me esperaba junto a mi taquilla, con la cara toda sonriente. Entonces me di cuenta de que tenía un grano enorme en mitad de la frente.

La mayor parte de la gente se habría quedado en su casa sin ir al colegio para que no la vieran con un grano como ese, pero en cambio Rowley dijo:

Por alguna razón, aquello me fastidió bastante. Y no quedó ahí la cosa.

Más tarde, vi que Rowley andaba cerca de las taquillas de los chicos mayores. Me da la impresión de que piensa que ahora forma parte de su grupo o algo así, tan sólo porque le ha salido un grano.

La verdad es que resulta patético que Rowley trate de impresionar a la gente con su estúpido grano.

Y de veras que no es que tenga envidia ni nada parecido. Pero es que se trata de un chico que todavía duerme rodeado de muñecos de peluche y no tiene sentido que le salga su primer grano ANTES que a mí.

Tengo que admitir que el asunto me ha hecho reflexionar. He estado esperando a ver si doy el estirón definitivo o al menos si me empieza a salir algo de vello en la cara, pero parece que las cosas van despacio.

Ahora que a Rowley le ha salido un grano, estoy ansioso de que me suceda a mí también.

Al volver hoy del colegio, me miré en el espejo para comprobar si había algo diferente. Pero todo parecía estar igual que siempre.

Así que después de cenar pregunté a papá y a mamá cuándo se supone que voy a empezar a experimentar cambios.

Pero ellos me contestaron que, cuando tenían mi edad, en lo que se refiere a estas cuestiones iban muy por detrás de sus compañeros de curso.

Entonces papá me dijo que no esperase tener demasiado pelo en la cara, ni siquiera cuando fuese adulto, porque él es un hombre hecho y derecho y sólo necesita afeitarse una o dos veces a la semana.

Vaya, eso sí que son malas noticias DE VERDAD. En este país siempre te repiten que puedes llegar a ser lo que tú quieras, pero ahora me doy cuenta de que eso no es cierto.

Puedo nombrar al menos media docena de trabajos a los que nunca me podré dedicar si no tengo barba o bigote, o al menos aspecto de ir sin afeitar.

MAGO          PIRATA          LEÑADOR

ARTISTA       POLICÍA         DELINCUENTE

## Miércoles

Hoy era el segundo día del grano de Rowley y se paseaba con el flequillo separado en dos mitades, para que nadie se perdiera su granito en la frente.

No podía soportar otro día así, y decidí que tenía que hacer algo al respecto. Así que escribí una nota y se la entregué en el pasillo.

Querido Rowley,
Tu grano no le gusta a nadie.
Firmado,
Las chicas

Me alegra decir que mi nota hizo efecto.

Pero justo antes de la hora de almorzar sucedió algo totalmente surrealista. Los de nuestro curso nos dirigíamos a la cafetería por el pasillo donde se encuentran las taquillas de los chicos mayores, y Jordan Jury estaba por allí con algunos de sus amigos.

Jordan nos paró y dijo:

No me lo podía creer. Como ya dije antes, los fiestones de Jordan Jury son LEGENDARIOS.

Pero lo mejor de todo es que en las fiestas de Jordan Jury siempre hay CHICAS, es decir que sus fiestas son por completo diferentes del tipo de fiestas a las que suelo asistir.

La cuestión es que estamos hablando de un fiestazo de los DE VERDAD y no como el "Encierro nocturno", donde había un montón de adultos fastidiándolo todo.

Todavía no tengo ni idea de por qué Jordan Jury nos ha invitado a Rowley y a mí a su fiesta. Puede haber sido por mi libro de matemáticas o por el grano de Rowley o por ambas cosas.

Pero ha quedado claro que él piensa que Rowley y yo somos amigos y que la invitación es para los dos.

No quise hacer nada que le hiciera cambiar de opinión.

Desde luego que quiero ser amigo de Rowley por una noche si eso significa jugar a la "Botella Loca" con unas cuantas chicas mayores que yo.

Jueves

Por increíble que pueda parecer, mamá no me deja ir a la fiesta de Jordan Jury.

No es porque sea una fiesta de chicos y chicas, o porque vayan a estar allí chicos mayores. Es que este fin de semana es la BODA de tío Gary.

Es que es el colmo de la mala racha. Le supliqué a mamá que me dejara quedar en casa para poder ir a la fiesta, pero no hubo manera de convencerla, ni siquiera prometiéndole que iría a la SIGUIENTE boda de tío Gary.

Mamá dice que no tengo más remedio que ir, porque estoy invitado a la celebración y no le puedo hacer eso a tío Gary.

La cuestión es que he asistido a todas las bodas de tío Gary y puedo decir por adelantado cómo van a ser exactamente.

Tío Gary me va a pedir que haga alguna lectura. Los adultos siempre quieren que sea un chico el que lea algo del Antiguo Testamento en las bodas, porque a todos les parece muy divertido cuando se traba con los nombres.

Sabía que mamá no iba a cambiar de opinión, así que no perdí tiempo intentando discutir. Subí a mi habitación y llamé por teléfono a Rowley.

Le dije que no podía asistir a la fiesta, de manera que él tampoco debía ir. Le expliqué que no estaría bien por su parte presentarse en la fiesta mientras que yo tenía que aguantarme en la boda de mi tío.

Pero Rowley me contestó que ahora ya es prácticamente un adulto y es capaz de tomar sus PROPIAS decisiones, así que piensa asistir a la fiesta de todos modos.

Me enojé tanto que le colgué el teléfono. ¿Ven cómo es Rowley? Tiene exactamente ese tipo de comportamiento egocéntrico que hace que me alegre de que ya no seamos amigos.

Sábado

Nos amontonamos todos dentro del auto y nos dirigimos a casa de Gammie para celebrar la boda de tío Gary. Yo estaba fastidiado por todo el rollo de la boda y también por otra cosa.

Recordé que se supone que me toca tener "la Charla" con Gammie este fin de semana y de veras que no tenía el ánimo como para sermones.

La última vez fue con tío Joe, el hermano de papá, que me dijo que ahora que ya estoy estudiando el bachillerato tengo que empezar a pensar en mi "futuro".

Tío Joe dibujó un gráfico que mostraba todo lo que tengo que hacer desde ahora hasta que termine el bachillerato, para aumentar mis posibilidades de ir a una universidad prestigiosa y luego conseguir un buen empleo. Qué horror, papá y tío Joe ya tienen planificados los próximos diez años de mi vida.

Iba pensando en todo esto, cuando sucedió algo que me quitó el mal humor.

Mamá llamó a Gammie para avisarle que llegábamos un poco tarde, porque teníamos que pasar a recoger mi esmoquin.

ESO me llamó la atención. Nunca me había puesto esmoquin en las bodas anteriores. Esto sólo puede significar una cosa, que soy uno de los CABALLEROS.

Es tradición que la noche anterior a la boda los caballeros se lleven al novio de juerga, como despedida de soltero. Por lo que he visto en la tele, definitivamente me apetece ser parte de esta tradición.

Me sentí un poco culpable, porque eso significaba que dejaban de lado a Rodrick. Pero supuse que podría hacer algunas fotos para poder restregarle por la cara lo que se había perdido.

Con todo, estaba encantado y feliz porque mientras Rowley se entretenía en un guateque de estudiantes de secundaria, yo iba a montar en limusina y me lo iba a pasar en grande. Ya veríamos, después de este fin de semana, quién es un "hombre".

Y además durante la ceremonia yo estaré emparejado con una de las damas de honor de la novia. Cruzo los dedos para que las amigas de Sonja sean bonitas.

De camino a casa de Gammie, mamá me hizo prometer que no me limpiaría la cara después de que los parientes me besaran, porque le parece que es "una grosería".

Es que no puedo evitarlo. Siempre que una tía o una prima me dan un beso en la cara y me dejan la mejilla húmeda, empiezo a imaginarme las bacterias multiplicándose sobre mi piel y me pongo histérico. La última vez que fuimos a casa de Gammie me llevé unas toallitas higiénicas para resolver la situación.

En fin, le prometí a mamá que esta vez no me limpiaría los besos de la cara. Y no debería haberlo hecho, porque la primera persona que vino a saludarnos fue tía Dorothy, que siempre me besa en plena boca con sus labios pintados.

En cuanto mamá me quitó la vista de encima, me limpié directamente con lo primero que pude encontrar.

La mayor parte de la familia ya se encontraba en casa de Gammie cuando llegamos. Me llevaría una eternidad describir a cada uno de los invitados, así que haré un resumen.

Mi primo Benjy estaba con sus padres, tía Patricia y tío Tony. La última vez que vi a Benjy, sólo sabía decir dos cosas:

Benjy ya puede decir frases enteras y sus padres dicen que es capaz de leer novelas. Pero yo no presumiría de que mi hijo supiera leer si todavía tiene que llevar pañales.

El tío abuelo Arthur estaba sentado en el sillón reclinable de la sala, frente a la televisión. No recuerdo haber tenido nunca una conversación con tío abuelo Arthur, porque tan sólo suelta gruñidos y una serie de sonidos aleatorios. En una ocasión, estuvo con nosotros todo el fin de semana de Acción de Gracias, y fue lo mismo todo el tiempo.

No hay manera de saber si es que está tratando de decirte algo, pero yo siempre le respondo por si acaso.

La tía abuela Reba también estaba allí, cosa que me sorprendió.

Hace unos años, Gammie invitó a todo el mundo a su casa por Navidad, pero olvidó enviar la invitación a la tía abuela Reba. De todos modos ella acudió, aunque no quiso quitarse el abrigo y permaneció así todo el tiempo, sentada en la sala, haciéndonos sentir culpables.

También estaba Terrence, el primo segundo de papá. La única razón por la que lo menciono es porque todos dicen que soy EXACTAMENTE igual a él cuando tenía mi edad, lo cual resulta bastante deprimente.

De hecho, la primera vez que escuché ese comentario fui a mirar en el álbum de fotos de Gammie para ver si era cierto. Y, desgraciadamente, era cierto.

Así que quizá debería empezar a ahorrar dinero para hacerme la cirugía estética.

Byron, el primo de papá, también estaba, pero tampoco me entusiasmó demasiado verlo. Durante la última reunión familiar, Gammie mandó a Byron a comprar leche y yo fui con él. Pero pasó por encima de un bache y una de las ruedas tuvo un reventón cuando nos faltaba un kilómetro para llegar a casa.

Byron me dijo que fuera a casa a buscar ayuda, y por el camino se puso a llover. Cuando entré en la casa, todas las mujeres se pusieron a gritarme por el rastro de agua que iba dejando por el suelo.

Me dijeron que me quitara los zapatos y los dejara en el vestíbulo, cosa que hice. Pero con el griterío, me despisté y olvidé todo lo de Byron y el reventón de la rueda. No parecía muy contento cuando llegó a casa media hora después.

También estaba tío Charlie y me alegró verlo, porque siempre lleva los bolsillos llenos de caramelos y golosinas para nosotros los chicos.

Aunque no siempre me ha caído simpático tío Charlie, porque me hacía rabiar cuando yo era pequeño. Yo solía llevar un pijama rojo y siempre que me veía me decía lo mismo:

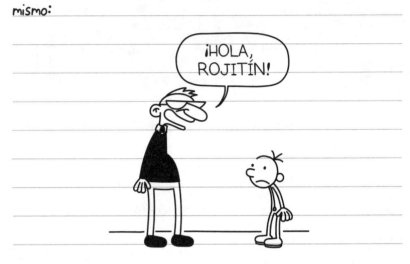

Por alguna razón aquello me afectó mucho. Le conté a mamá lo que me pasaba y ella me llevó a comprar un pijama nuevo, de color azul. Así que la siguiente vez que vi a tío Charlie supe que le había ganado la partida.

Pero tan sólo le llevó tres segundos ponerme un apodo NUEVO.

El único que NO apareció por casa de Gammie fue tío Lawrence, pero eso no era nada sorprendente. Tío Lawrence siempre está de viaje y casi nunca asiste a las reuniones familiares. Aunque a veces hace una aparición por medio de una cámara web, como en el funeral del bisabuelo Chester.

Los últimos en llegar fueron tío Gary y su novia, Sonja. Ella era bastante guapa y, por la forma de comportarse, se veía que estaban muy enamorados el uno del otro.

Lo supe de primera mano, porque desgraciadamente me tocó estar sentado junto a ellos durante la cena.

Por el camino papá nos advirtió que a Sonja le afectaba mucho el que tío Gary hubiera estado casado con anterioridad, y que procurásemos no mencionarlo.

Al parecer, Sonja le había dicho a tío Gary que iba a tener que quitarse el tatuaje del brazo izquierdo, porque tenía el nombre de su anterior esposa.

Pero como borrar un tatuaje sale carísimo, lo que ha hecho tío Gary ha sido añadirle algunas palabras.

AHORA YA
NO ESTOY
ENAMORADO
DE
Lydia

Al menos Sonja no obligó a tío Gary a quitarse el tatuaje del OTRO brazo. Ése se lo hizo cuando se comió de una sentada la superhamburguesa Monstrilla de tres libras en Dan's Diner.

Como ya he dicho, acudió casi toda la familia y aunque la casa de Gammie es bastante grande, varios tuvimos que compartir habitación.

Siempre que vamos a casa de Gammie me toca estar en el grupo que ella llama de "los Solteros", es decir, todos los varones que todavía no estamos casados.

LOS SOLTEROS

No se trata de un grupo con el que me entusiasme precisamente compartir habitación, SOBRE TODO porque sólo hay dos camas en el dormitorio de invitados de Gammie lo cual significa que en cada cama tienen que dormir dos de nosotros, y los demás en el suelo.

197

Tío John solía formar parte del grupo de los solteros, pero se casó la primavera pasada. Me empiezo a preguntar si no se casaría para no tener que dormir con todos nosotros.

Resultaba difícil conciliar el sueño con toda esa gente roncando en la misma habitación, así que en un momento dado agarré mis cosas y busqué otro lugar donde pasar la noche.

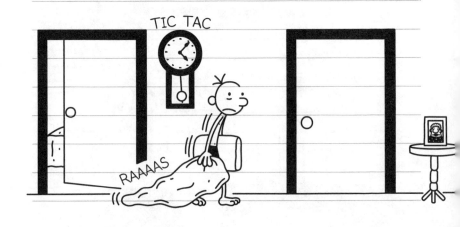

El único sitio que pude encontrar era el cuarto de baño que había junto a la habitación de Gammie, así que me hice la cama colocando mi manta y mi almohada dentro de la bañera. No era muy cómodo, pero al menos tenía un poco de privacidad.

Por suerte, cuando Gammie entró esta mañana para darse un baño, me desperté justo a tiempo.

Después de aquel episodio cercano al desastre, ya estaba levantado. Iba a ser un día muy largo, porque el ensayo de la boda no empezaba hasta las 7:00 de la tarde.

Pero me consolaba saber que al menos después de aquello tendría la juerga de la despedida de soltero.

El problema de estos encuentros familiares es que no tienen en cuenta a los chicos, de modo que si no te gusta el té o estar chismeando con las señoras, no tienes nada que hacer.

Y todo lo que hay en casa de Gammie son cosas de personas mayores, que no sirven para que los chicos puedan entretenerse. Hace algunos años me quejé a mamá y compró un Lego para dejarlo guardado en casa de Gammie. Pero Gammie pegó todos los ladrillitos en un solo bloque, porque no le gustaba tener las piezas pequeñas por ahí desparramadas.

Aparte de eso, en casa de Gammie no hay cosas que un chico pueda disfrutar. HAY algunos caramelos en un frasco sobre la repisa de la chimenea y el año pasado me comí varios. Pero sabían a RAYOS. Estaban elásticos, como el chicle.

Empecé a sentirme verdaderamente enfermo y tuve que permanecer acostado en el sofá varias horas.

Resulta que los caramelos del frasco son DE VERDAD viejos.

De hecho, papá dijo que esos mismos caramelos ya estaban ahí cuando ÉL era un niño. Incluso encontró una foto en el álbum de Gammie para demostrarlo.

El pequeño Frankie
se come un caramelo

Y hablando de fotos, Gammy debería actualizar las que tiene en la repisa. Tiene una foto de cada miembro de la familia, y la que tiene mía y de Rodrick es de cuando fuimos a visitar la villa de Santa Claus hace ocho años.

Tengo intención de deshacerme de esa foto cuando nadie pueda verme, porque es exactamente el tipo de foto que recorta la gente para ponerla en mi biografía cuando sea famoso.

Feliz Navidad

Todo el mobiliario de la casa de Gammie es antiguo también, y parece bastante valioso. Estoy seguro de que va a haber peleas para ver quién se lo lleva cuando Gammie se muera. De hecho, ya hay quienes han empezado a colocar notas adhesivas para reservar algunas piezas.

Me parece una absoluta falta de respeto con Gammie. Pero tengo que admitir que hay alguna cosa con la que me gustaría quedarme.

## Domingo

Anoche durante el ensayo de la boda estuve pensando todo el tiempo que tío Gary me diría dónde sería la despedida de soltero, pero eso no ocurrió.

Entonces miré el programa de la boda y vi que mi nombre aparecía en la parte de abajo.

**Portador del anillo – Niño de las flores … Manny Heffley**

**Ayudante del niño de las flores ………… Greg Heffley**

*Se ruega no hacer fotografías con flash en el interior de la iglesia.*

Intenté escaparme y pasarle el papel de ayudante del niño de las flores a Benjy, pero mamá dijo que este año le tocaba leer a él y que, además, Manny y yo íbamos con esmoquin blanco a juego.

Es decir que mientras Rowley disfrutaba de la fiesta de Jordan Jury, yo le llevaba a Manny una cesta llena de pétalos de rosa. Y me di cuenta de que Rodrick estaba tomando un montón de fotografías, así que no me sorprendería que las hubiera subido a la red.

Después de la ceremonia de la boda, fuimos al salón donde se iba a servir el banquete nupcial.

Pero antes de empezar a comer, Leonard, el padrino de tío Gary, se levantó y propuso un brindis.

Leonard dijo que quería compartir con todos nosotros una anécdota muy graciosa de cuando tío Gary y Sonja eran novios. Y contó que hace un par de meses tío Gary llevó a Sonja al béisbol, y ese día pensaba en romper con ella para empezar a salir con su hermana.

Pero antes de que pudiera decir a Sonja que quería dejarla, un avión con una gran pancarta pasó por encima del estadio.

SONJA ¿TE QUIERES CASAR CONMIGO?

Leonard dijo que seguramente había OTRO tipo en el estadio con una novia que se llamaba Sonja. Pero la Sonja de tío Gary reaccionó antes de que él pudiera decir nada.

Según Leonard, tío Gary quería explicar que aquello era una confusión pero le dio miedo de que los tipos que estaban a su alrededor fueran a pegarle si dejaba a Sonja tirada. Así que decidió seguir adelante. Al principio creí que Leonard sólo estaba contando un chiste, pero tío Gary no se puso de pie precisamente para desmentirlo.

En fin, tengo la sensación de que el año que viene celebraremos la QUINTA BODA de tío Gary.

Después de la recepción volvimos a casa de Gammie para cambiarnos de ropa. Yo estaba recogiendo mis cosas cuando papá entró a la habitación y dijo que Gammie quería verme. Al principio no me imaginaba por qué Gammie quería tener una conversación en privado conmigo, pero entonces me di cuenta de que íbamos a tener "la Charla".

Cuando bajé a la salita de estar de Gammie, iba un poco nervioso, pero también estaba bastante intrigado. Gammie tiene millones de horas de vuelo, así que tiene que tener un montón de sabiduría almacenada. Y la verdad es que, según me van las cosas, no me vendría mal si me pudiera transferir alguna.

Entré y cerré la puerta detrás de mí. Gammie estaba sentada en una silla muy original. Yo también me senté, frente a ella. Cuando terminé de instalarme Gammie comenzó a hablar.

Me dijo que la mayor parte de los chicos de mi edad tiene mucha prisa por crecer, pero que si yo fuera listo debería disfrutar del proceso mientras dure.

Ya le había escuchado la misma cantinela miles de veces a papá y mamá, así que me estaba decepcionando un poco el cariz que tomaba la cosa.

Pero Gammie aún no había terminado. Dijo que estaba a punto de entrar en los "Años difíciles" y que los labios se me iban a inflamar y mi piel se iba a poner hecha un asco y mi cabeza iba a parecer demasiado grande para mi cuerpo hasta que terminara el bachillerato.

Luego dijo que durante los próximos años no debía permitir que nadie me hiciera fotografías, porque si lo hacía, acabaría lamentándolo. Me dijo que había hecho la misma recomendación a papá, tío Gary y tío Joe, pero que no le habían hecho caso.

TÍO GARY

TÍO JOE

PAPÁ

Pero Gammie TODAVÍA no había terminado. Me dijo que hacerse mayor no es ningún paseo triunfal y que llegar a su edad es DE VERAS horroroso.

Entonces empezó a hablar de "hemorroides" y "herpes" y un montón de cosas que jamás había oído mencionar. Al parecer ella se dio cuenta de que yo estaba confuso, así que empezó a bajarse una media para mostrarme de qué hablaba.

Entonces fue cuando murmuré una excusa y abandoné
corriendo la sala. Me alegro de haber salido de allí antes
de que a Gammie le diera por quitarse más ropa.

Media hora después hicimos el equipaje, subimos al coche
y pusimos rumbo a casa. Yo estaba feliz de que el fin
de semana se hubiera terminado. Quiero mucho a mis
parientes y todo eso, pero hay un límite para la dosis
de familia que puedo soportar..

## Lunes

Fue una lata volver hoy al colegio, porque daba la
impresión de que todo el mundo había estado en la
fiesta de Jordan Jury y, claro está, ése era el tema
de todas las conversaciones.

Lo PEOR de todo fue atravesar el pasillo de los mayores.

Ahora me alegro de no haber ido. Resulta que Jordan invitó a los chicos de mi curso únicamente para utilizarlos como sirvientes.

Anoche anunciaron en las noticias el ganador del concurso para el chico Peachy Breeze, y desgraciadamente no resulté elegido. Pero conozco al chico que sí RESULTÓ elegido.

Se trata de Scotty Douglas, que vive calle abajo. No entiendo por qué lo han elegido a él, porque ni siquiera fue capaz de decir correctamente el eslogan comercial durante la audición.

La gente de Peachy Breeze debería haberlo pensado mejor, porque si vieran al hermano mayor de Scotty seguro que se replantearían su decisión.

Anoche mamá dijo que ahora que ha terminado el
primer semestre, hará un "paréntesis" en su carrera
académica para pasar más tiempo con la familia. No
les cuento lo que me alegró escuchar eso. Estoy
contentísimo de que las cosas por aquí vuelvan a la
normalidad.

De hecho, ése ha sido todo el problema a lo largo de
este año. Ha habido demasiados cambios repentinos y yo
prefiero las cosas tal y como eran ANTES.

Algunas personas como papá y tío Joe se han puesto
un poco pesados con eso de que sea más responsable y
empiece a tomarme en serio mi futuro. Pero la verdad es
que yo soy más como tío Gary.

Me parece que ya no tengo tantas ganas de crecer.
Después de todo lo que me dijo Gammie que me espera
durante los próximos años, creo que voy a seguir sus
consejos y aprovechar todo lo que pueda.

Martes
Y hablando de vuelta a la normalidad, he decidido que
ya es hora de que Rowley y yo olvidemos los dos últimos
meses y volvamos a ser amigos.

Él y yo hemos recorrido un largo camino juntos y no
tiene sentido echar a perder una relación así por una
tontería.

Y para ser sincero, ni siquiera recuerdo por qué discutimos.

Así que hoy después del colegio fui a casa de Rowley para ver si quería dar una vuelta. Estaba tan contento de verme que resultó incluso molesto.

Rowley me preguntó si íbamos a ser "los mejores amigos para siempre" y me dio el colgante con medio corazón que siempre ha querido que llevara puesto.

Le dije que no iba a llevar puesto el colgante, porque es cosa de chicas. Pero lo que de verdad me pone nervioso es el término "para siempre". Le dije que mejor probáramos día a día, y eso pareció ponerlo muy contento.

Por cierto, que hay algo que tengo que decir. Rowley ha crecido pulgada y media desde el verano, así que quién SABE qué estatura podrá alcanzar.

Supongo que es buena idea asociarme con él, al menos hasta que lleguemos al bachillerato. Porque si sigue creciendo a ese ritmo, será un acierto tenerlo junto a mí.

## AGRADECIMIENTOS

Gracias a todos los seguidores de la serie *Diario de Greg* por hacer que se cumpla mi sueño de ser dibujante de historietas.

Gracias a mi familia por su cariño y respaldo constantes. Nada de esto tendría sentido si no pudiera compartirlo con ustedes. Gracias a mamá y a papá por el increíble apoyo que nos dan a todos sus hijos.

Gracias a la gente de Abrams por poner tanto cuidado y atención a los detalles en la edición de estos libros. Quiero expresar mi agradecimiento especial a Charlie Kochman, mi editor; a Jason Wells, director de publicidad; a Chad W. Beckerman, director artístico, y a Scott Auerbach, un jefe de edición fuera de lo común. Y gracias a Michael Jacobs por darle "alas" a los libros del Diario de Greg.

Gracias a Patrick por su ayuda y experiencia respecto a los dibujos y gracias a Jess por su amistad y consejos. Gracias a Shaelyn por su apoyo incondicional para mejorar este libro.

Gracias a todos los de Hollywood, por trabajar tan duramente para dar vida al personaje de Greg Heffley, y en especial a Nina, Brad, Carla, Riley, Elizabeth, Nick, Thor y David. Y gracias también a Sylvie y Keith, por su ayuda y orientación.

## SOBRE EL AUTOR

Jeff Kinney se dedica al diseño y desarrollo de juegos online, y es un autor número uno en ventas en la lista de *The New York Times*. En 2009, Jeff entró en la clasificación de las 100 Personas Más Influyentes del Mundo de la revista *Time*. Pasó su infancia en Washington D.C. y en 1995 se mudó a Nueva Inglaterra. Actualmente reside al sur de Massachusetts con su esposa, Julie, y sus dos hijos, Will y Grant.